@小說

青春・愛情・物語

交　換　ウ　ソ　日　記

交換謊言日記

櫻伊伊予

林于楟——譯

目次

紅色的·告白

縐巴巴的情書

我喜歡妳

瀨戶山

我以為自己要窒息了。

「這東西」帶給我的衝擊就是如此巨大。

「惡、作劇……？」

我歪頭喃喃自語，當然沒人能回答我。看了一眼信後環視教室，又把視線拉回信上，上面當然一字未變。坐在四周的同學們、站在講台上授課的老師，應該沒人會想到我現在收到了類似情書的東西吧。

我自己也沒想到會收到這種東西。

腦袋跟不上這令人難以置信的現狀，我手扶額頭閉上眼睛，讓心情冷靜下來。總之先冷靜思考，鼻子慢慢吸氣再慢慢吐出來，接著再次看信。「我喜歡妳　瀨戶山」。上面只寫著這幾個字，也沒寫上我的名字「黑田希美」。

我壓抑著激烈心跳，甩甩頭讓自己冷靜下來。就算是生平第一次收到情書，也不能如此簡單就欣喜若狂。

因為寄信人可是「那個」瀨戶山同學耶。

瀨戶山同學是和我同年級的自然組男生，順帶一提，我念社會組。

自然組和社會組教室在不同大樓，只有一樓的穿廊相連。我只有在週三第四堂選修的數學B會到這棟大樓上課，也就是說，我現在在自然組二年E班的教室，這裡確實是瀨戶山同學的班級。

而且，自然組和社會組的課程完全不同，我們幾乎沒有交集，他根本不可能認識我，更別說喜歡我了，真是難以置信。

如此一想，這封信不是寫給我的可能性極高。或許只是剛好被在這個時間，坐在這個座位上的我發現而已，嗯，這個解釋比較合理。這封信肯定是寫給平常坐這個位子的女生。

雖然我這樣想，但這也有點怪。

女生到第四節課都沒發現這封信的存在嗎？這節課，自然組的學生全部移動到其他教室去上音樂課或家政課。很難想像瀨戶山同學明明知道會離席，還在那之前把信放進這裡。

而且……感覺這個位子不是女生的座位。

桌面四處用簽字筆或鉛筆畫著神秘生物的插畫以及足球，桌上留有自言自語的留言時，我有好幾次忍不住寫下回應，雖然已經完全不記得內容了。抽屜裡總是被筆記本及課本塞得一點縫隙也沒有，還曾看過講義縐成一團掉出來，因為太髒亂了，我還和朋友江里乃一起笑著說：「這是哪個男生的座位啊？」

而說到為什麼我會在亂七八糟的抽屜中發現這封信，那是因為今天抽屜中空無一物，只有這個縐巴巴的半張活頁紙用膠帶貼在裡面，還稍微凸出抽屜外，彷彿努力主張著要讓預定坐在這個座位的人——沒錯，就是我——「發現」一樣。

雖然我還不知道這是不是瀨戶山同學的座位（也可能是他朋友的座位，然後他請朋友幫忙），這封信或許就是要給我的。

但怎樣也無法相信，不明白，完全無法理解。為什麼瀨戶山同學會喜歡上我這種人啊？或許是被捉弄了吧。但也可能是認真的。啊啊，真是的，完全搞不懂，甚至開始搞不清楚不懂什麼了。

如果要寫情書，至少也寫個收信人的名字吧！

「喂～～丸子頭的黑田啊～～妳有在聽課嗎？」

「咦？啊，沒有！啊、不是啦，有聽！」

突然被老師點名，我嚇得猛力抬起頭回答。

「……看妳似乎沒聽課，那我就再說明一次喔。妳這次可要好好聽啊，黑田。」

老師無奈地邊嘆氣邊說，大家全看著我嘻嘻竊笑。因為太丟臉了，我完全沒聽進去老師之後的說明。

「希美，妳剛剛是怎麼了啊？」

下課後，輕輕擺動一頭短鮑伯頭的江里乃走到我身邊。

「啊～～就稍微發了一下呆啦。」

我含糊笑著回答她，根本無法說出「因為收到情書所以很困惑」。又不知道是不是真的要給我，如果被調侃也會讓我困擾。而且要是知道對方是瀨戶山同學，那肯定會引起人騷動。

「那，今天也努力去廣播吧，我幫妳拿東西回去。」

「啊，謝謝。」

今年成為廣播委員後，我負責每週三中午的午間廣播。因為下課後要盡早開始播放廣播，江里乃總會幫不能先回教室一趟的我，把東西一起拿回去。我今天也把筆記本、課本和鉛筆盒留在桌上，只拿起裝便當盒的布包起身。

「啊，等等！」

突然想起那件事，我連忙回頭，偷偷從筆記本中將縐成一團的信，不對，是情書抽出來塞進制服外套的口袋中。

「那我先走了喔。」

江里乃坐在我剛剛坐著的位子上，我對她揮揮手後，朝廣播室跑去。

夏天早已結束，時節是步入秋天的十月，但今天很溫暖，穿著制服外套還會微微出汗。瞥了一眼窗外的湛藍天空後，我從三樓跑到一樓。穿過穿廊，跑到社會組大樓一樓的教職員辦公室拿廣播室的鑰匙，走進和教職員辦公室隔著一間準備室的小房間裡。只要不是廣播委員，應該沒有太多學生知道這個房間是廣播室吧，就像我去年也不知道。

一如往常地操作儀器，按下麥克風旁的紅色按鍵。

「大家午安，又到了午間廣播的時間。今天由我黑田負責，請大家多多指教。」

用固定台詞開頭，接下來隨意播放音樂，我就在這房間裡單獨度過約三十分鐘的時間。

我二年級後才成為廣播委員，大概因為得負責每週一次的廣播長達一年，雖然比體育祭或文化祭時的廣播工作還簡單，但大家都沒意願，遲遲無法決定負責人，我也只是猜拳輸了而已。

一開始因為沒辦法和江里乃、優子還有其他朋友一起吃便當，待在狹小房間裡被排擠在外的孤獨讓我覺得好寂寞、好不安。

但在第一學期結束時，不需要顧慮其他人，可以按照自己步調做喜歡事情度過的這個時光，開始變成我的期待。

廣播室前擺著徵求點歌、諮商、希望可以在廣播時段唸出來的訊息等東西的意見箱，但一年頂多只會收到一次投信，大多數學生連有這個意見箱的存在也不知道吧。除了偶爾唸唸老師的轉達事項外，幾乎沒有稱得上工作的工作。播放我喜歡的重搖滾當成背景音樂，吃完便當後就看書。其實我最想要播死亡金屬音樂，但播了一次後，老師提醒我：「再選擇稍微適合中午播放的音樂吧。」那之後我就很收斂了。

但是，今天無法和平常一樣悠閒度過。

我把便當在桌上打開，拿出口袋中的紙條。

在腦海中重複讀了「我喜歡妳　瀨戶山」這短文好幾次，接著拿起來透光，又翻過背面看，但就算這樣做，也沒找到更多資訊。

還是無法置信。

高中入學不久後，班上女生就吵吵鬧鬧說著：「自然組有個超帥的男生耶！」那就是瀨戶山潤同學。

身高還算高，一頭漆黑滑順頭髮，稍長的瀏海底下是細長的眼睛。有著所謂「帥哥」出色容貌的他，只要看過一次就會記住，成績似乎也很優異。不知是從哪聽來的資訊，優子曾說過第一學期的期末考，他是全學年唯一一個拿到數學和化學滿分的人。不僅如此，聽說連運動也是全能。

這樣的男生當然很受女生歡迎，隔壁班的女生就在上週向他告白後被甩，還引起一陣話題。類似的事情聽過好幾次了，但從沒聽過他交女朋友。

這樣的他，竟然說喜歡我……怎麼想都不對勁。

「為什麼是我啊？」

忍不住呢喃出聲。

完全不知道他是何時，因為什麼喜歡上我。雖然自己講也有點怪，但我就是個平凡無奇的存在，沒有會讓人一見鍾情的外貌，也沒有會在班上特別醒目的開朗個性，成績和運動表現也無比普通。他到底為什麼會認識這樣的我呢？

如果這不是瀨戶山同學寫的信，就算上面沒寫收信人名字，或許我也會相信是寫給我的吧，然後肯定會更加單純地為此開心。

而且。

「我不太喜歡他耶。」

這就是原本該讓我喜悅的情書，但卻讓我心情沉重的一個原因。

「唉。」我邊嘆氣邊抱頭煩惱，校內大概只有我一個女生這樣想吧。

我從沒聽過有人說瀨戶山同學的壞話，和他念同一間國中的男生也說：「他是個表裡如一的好傢伙。」不管何時看見他，他身邊總是圍繞著不論性別的許多朋友，相當開心地笑著。

聽說他就算被告白也不會隨便搪塞，而是坦白拒絕，像是「我不喜歡妳，所以對不起喔。」或是「對不起，沒有辦法。」等等。這毫不修飾的話讓我覺得很嚴厲冷淡，但向他告白的女生卻眼眶泛淚笑著說：「雖然被甩了，但也是沒有辦法啦。」向其他人告白後被甩的女生，就算對方與瀨戶山同學說相同台詞拒絕，也會哭著說：「那種說法也太過分了吧。」

其他人與瀨戶山同學說出相同台詞，也無法給人相同印象。因為出自他口中才能原諒，不僅如此，他吸引人、受人喜愛，他就是這樣的人。

毫不虛偽、毫不躊躇地直率說出自己的意見。不會在意他人臉色，不管好話還是壞話，都能明白說出口。不管那是怎樣的發言，都不會帶給對方壞印象。

肯定是因為他對自己有自信。

和優柔寡斷的我完全相反，所以我在不知不覺中對他產生不擅應付的感覺。

從這樣的人手上收到疑似情書的東西。

「到底該怎麼辦才好啦～～」

腦袋開始混亂，頭「叩」的一聲靠在桌面上垂頭喪氣。
早知道就該裝作沒有發現放回去抽屜裡才對。
過了一會兒，通知午休再過十五分鐘就結束的電子鐘鬧鈴響起。平常總是悠閒度過的午休時光，今天一轉眼就結束了。結果我還是不知道該拿這封情書怎麼辦才好。
我大嘆一口氣，等到曲子播完，說一聲「今天也謝謝大家收聽」後，關掉電源。

「啊，妳回來啦～～」
我在上課前五分鐘回到教室，江里乃和優子一如往常圍在一起吃零食。
「我把課本放妳桌上了喔～～」
「謝謝～～」
江里乃嘴裡吃著巧克力指著我的桌子，我道謝後，走回自己的座位坐下，就在大家現在坐著的位子附近。把便當盒收進包包，也自然地順勢把口袋裡的信放進去。
「今天也是搖滾樂耶。」
「啊～～嗯，因為有人點歌……」
優子跑到我前面的座位，邊轉頭邊笑。優子的半長髮飄散出淡淡的清爽香氣。比其他人更加在意美容的優子，總是畫著讓眼睛看起來又大又亮的妝容，也會把髮尾微微燙捲。她手上的甜點是最近超受歡迎，很難買到的馬卡龍，她的興趣是巡禮可愛的咖啡廳拍照，不管何時都愛走在最前端。

她說出口的「今天也是搖滾樂耶」和露出的笑容，讓我感覺她有點瞧不起搖滾樂。我怕她知道我不喜歡流行的J－POP後，會覺得我很奇怪，和我沒有話題聊，所以就脫口而出那是有人點歌的謊言。自那之後，我根本無法坦白重搖滾和死亡金屬音樂是我的興趣。

「別理就好了啊，反正那種只是吵死人的音樂也沒人知道。就是因為妳回應點歌，那個人才會得意忘形點個不停吧？」

「嗯～～但是，偶爾沒關係啦。」

我覺得很帥氣的搖滾樂，在優子眼中變成「只是吵死人的音樂」，這讓我心情複雜。但要是我現在說「很帥氣啊」，可能會惹優子不開心，也可能弄僵氣氛，所以我配合著她說話。

我總是這樣，和大家去唱卡拉OK時，也避免被大家排擠而唱流行樂，也會應和大家談論自己一點興趣也沒有的偶像話題。

如果我是敢直說自己意見的人，應該就能大大方方宣言自己喜歡的東西了。如果是瀨戶山同學，感覺他會毫不在意周遭人的目光，直說「我個人很喜歡耶」、「很帥氣啊」。

「我平常根本不會仔細聽中午的廣播，但只有週三希美負責時很有震撼力，不小心就會聽進去耶。」

「確實如此，有一種跑進耳朵裡的感覺。會想『是怎樣才能找到那種歌曲啊』、『為什麼會喜歡上那種歌啊』。」

「到底是喜歡這些歌的哪裡啊～～全是英文，根本聽不懂歌詞啊。」

旁邊的朋友們也和優子一樣說出疑問，接著開始擅自想像「那是怎樣的人啊？」「感覺就是很陰沉的人才會聽這種音樂耶」，在一旁的我臉上貼著假笑，重複著「不知道耶」。

「又沒有關係，每個人都有自己的喜好啊。」

就在優子她們熱烈討論時，江里乃從旁插話，大家的視線全集中在江里乃身上。那之後，一股尷尬氣氛籠罩我們。

「是啦，說得也是啦。」

優子收起笑容，有點尷尬地回應。

「但還是讓人很好奇啊，都是些沒人知道的曲子耶。」

「就算是這樣，也不要去嘲笑別人喜歡的東西比較好喔，妳也會討厭自己喜歡的東西被笑啊，對吧？」

江里乃說完後又說：「好，這個話題到此結束。」不由分說地結束這場對話。

真不愧是江里乃，這是我絕對說不出口的台詞。在大家討論熱烈之時滿不在乎地當場說出想說的話，而且沒有人會對此表達異議或是展現不滿，這只有江里乃才做得到。

尷尬氣氛也只持續了幾分鐘，第六節課鐘聲響起時，大家已經沉浸在最近的連續劇以及搞笑藝人的話題中了。

我和江里乃在高一時同班，然後變成好朋友。

江里乃身材纖細，五官立體，容貌很漂亮。乍看之下給人難以接近的印象，但聊過天後就會知道她很開朗且健談。

她一年級時自告奮勇當班長，統領整個班級。不管對方是男生還是老師，她都有毫不畏懼、堂堂正正表達自己主張的堅強。不管是決定運動會上參加競賽項目的人，還是文化祭時要做什麼事情，都在江里乃的帶領下，短時間內順利結束討論。因為她會提出高效率的提議，大家都沒得抱怨。

她一年級夏天加入學生會，二年級的現在擔任學生會副會長一職，現在是大家崇敬的對象，老師和學生都很信賴她。

雖然江里乃和我的個性完全相反，但我們的感情比誰都好。放學後常一起出去玩或是逛街買東西，我們現在用的鉛筆盒和手機吊飾也都是成對一起買的。

江里乃總是對我說：「只要和希美在一起就會變得很溫和，所以我喜歡和妳在一起。」我也是，和江里乃在一起非常開心，心情也會變開朗。她是我最喜歡的朋友。

但有時，我會無比羨慕總是打直腰桿、態度堂堂正正的江里乃，讓我重新體認自己的軟弱，討厭起自己。然後，真的很偶爾，我的心中會出現一片黑霧。

以前，我在午間廣播時播放死亡金屬音樂，回到教室後被大家笑。

「那什麼啊，嚇死我了！」

「妳別在午間廣播放那種東西啦！都害我食慾全消了。」

沙啞嘶吼聲，震響身體的重低音。那是我很喜歡的一首歌。這個海外樂團剛出道不久，在日本幾乎沒有知名度，我想著，希望有人能聽到這首歌後喜歡上他們。

但大家的反應比我想像的還糟糕，我清楚記得當時感覺最喜歡的歌曲遭到否定了。

「但、但是，不覺得有點帥嗎？」

「才沒有～～沒有沒有！什麼，妳也喜歡那種東西嗎？」

如果負責午間廣播的不是我而是江里乃，如果說那首歌帥氣的人是江里乃，大家應該會有不同反應吧。或許會像剛剛那樣說著「這樣說沒錯啦」，稍微展現出一點認同。

為什麼大家的反應如此不同呢？這就是，我和江里乃的不同。

一想到這點，有時會超越欣羨而變成嫉妒。而我更討厭出現這種心情的自己。

瀨戶山同學肯定是和江里乃同類型的人吧，我連最喜歡的閨蜜都會嫉妒了，更不用說不熟的他。要是和他在一起，只會讓我覺得自己很可悲，雖然這全是因為不敢說出真心話的自己太軟弱。

就在我沉思時，和坐在我前面的江里乃對上眼。揮手回應笑著對我揮手的江里乃後，我甩甩頭將醜陋的嫉妒甩掉。

「希美，對不起，我先把資料拿去學生會室，妳在鞋櫃那邊等我。」

「嗯，好，我知道了。」

放學後，和我約好要一起去買東西再回家的江里乃，慌慌張張地對我說完後就跑出教室。比起會長，副會長的雜事更多、更忙碌，感覺她每天都會有些學生會的工作要做。

「啊！希美～～！」

聽到有人大聲喊我而抬起頭，只見優子急速朝我跑過來。

「怎麼了？」

「我們下次要聯誼耶，妳要不要去？拜託！」

「聯誼？」

跑到我面前的優子，雙手撐在桌子上，上半身朝我貼近，低頭拜託我。

還真罕見她們要聯誼，正確來說，這是第一次。

「我國中時的朋友說想交女朋友啦，怎樣？妳也差不多該，哎呀，該忘了前男友，然後有新的邂逅之類的啊。」

「那個……」

「拜託！女生我會全部找認識的人啦！好不好？」

沒去過聯誼的我也很好奇到底會做些什麼，但我不太擅長和不認識的男生說話，就算去了也不有趣吧。

但看見優子在我面前雙手合十懇求，讓我很難拒絕。

當我看著優子不知如何回應時，發現她真的非常傷腦筋，如果我拒絕了，她應該得要拚命去拜託其他女生吧。

「……那，我就去看看吧，雖然不確定能不能好好說話……」

雖然有點提不起勁，但就當成一次經驗參加看看也不錯吧。我這樣想著回應後，優子眼睛閃閃發亮地抬起頭來。

「謝謝！有很帥的男生會來！妳期待著吧！」

「唔、嗯。」

「等到完全確定後再跟妳說喔！先走啦！」

大概是要去向她的男性朋友報告吧，我目送來去一陣風的優子離開。

「聯誼啊。」

我自言自語，馬上就後悔起答應「要去」了。

光想像和不認識的男生一起玩，就讓我越來越不安。得小心別說出會讓氣氛降至冰點的話。連和班上男生都只在聯絡必要事項時才說話的我，真的能好好對話嗎？自從和學長一起出門以來，我就沒和其他男生一起出去玩過。

學長的身影浮現腦海，我也想起優子剛剛那句話。

「該忘了前男友，然後有新的邂逅之類的啊。」

前男友啊。

和大一歲的矢野學長交往，已經是一年前的事情了。

我一年級時和學長同為環境美化委員，因為打掃相同地點而變得要好。學長很會照顧人又親切，是個很愛笑的人。他每次在走廊上遇到都會向我打招呼，而我們開始互傳簡訊、打電話沒過多久，學長就向我告白了，那是第一學期結束時的事情。

但是，被甩的人是我。

「我搞不懂妳在想什麼。」

那是交往才過三個月時的事情。

雖然被甩很難過，但那已經過去了，我現在對學長沒有留戀。只不過，在那之後我也確實對戀愛變得消極。我不想要再喜歡上誰、和誰交往，然後又經歷相同事情。我害怕再受傷。

如此一想，或許去參加聯誼也不錯吧。有了喜歡的人，也許就能忘記先前的經驗而變得積極努力吧，說不定光是挑戰新的事情，就會有什麼變化。

「嗯，或許不錯。」

口吐開朗話語，勉強自己正面思考，接著我朝鞋櫃走去。

換上皮鞋，單手拿著手機在門前等待江里乃時，眼熟的人物——矢野學長從前方朝這邊走過來。

在這之前也曾看見他的身影，但很少會像這樣面對面，加上我剛剛才想起學長，更覺得尷尬。

雖然對上眼，但彼此都覺得尷尬地別開眼，彷彿互不相識般沉默擦身而過。當學長走過我面前時，我不知何時屏住了呼吸。

我想著「他這個時間應該在足球社的社團教室裡才對啊」，後來才想到，他在三年級第一學期結束時就退出社團了，所以才會這樣運氣不好跟他碰上啊。

學長的頭髮比之前留長許多，感覺顏色也變淺了。

然後，女朋友就在他身邊。

那女生去年開始和學長同班，但學長和我交往時，他們兩人就很要好了。學長是在和我分手一個月後開始和她交往的吧，我曾看見他們兩人牽手走著。優子好像說過，是她向學長告白之後才交往的。

一直到學長他們看不見我的身影為止，我都低頭看著手機畫面。他身邊的女友應該知道我是學長的前女友，一想到她不知道對我有怎樣的想法，現在也感覺被她盯著看，讓我沒辦法抬起頭來。

過了很長一段時間，感覺他們再怎樣也看不見我了吧，這才終於放鬆肩膀的力量。

邊吐氣邊把頭靠在牆上看天花板，明明只和學長擦肩而過幾分鐘，卻讓我無比疲憊。

「大家又是怎樣啊。」

我用沒人能聽見的音量小聲呢喃。

看見交往又分手後，和前男友或前女友維持良好友誼的人，都讓我驚訝著竟然有人能分得那麼清楚啊。我就沒辦法如此伶俐地處理人際關係。

在思考該做出怎樣的言行舉止前會先出現可疑舉動，接著轉身逃跑。一想到矢野學長和他女朋友不知道怎麼想我，就讓我尷尬到想融化在空氣中。大概因為我太在意周遭目光，才會變成那樣吧。而且說起來，在交往時，我光站在學長身邊就緊張到沒辦法好好說話，也覺得被朋友看見我們兩人在一起很害臊，所以非常不知所措。

分手後，我曾經想過好多次「要是知道光看見學長都會如此不自在，當初就別因為被他告白而和他交往就好了」，實在太差勁了。

思考這種事情時，我突然想起今天收到的那封信。

收信人不明的情書。雖然煩惱著不知道該怎麼處理……還是當成沒看過，別當一回事吧。

不管那是真是假，上面沒寫名字所以也無可奈何。要是回信後發現「其實是我搞錯了」、「那是騙妳的」，那也太丟臉、太可悲，我肯定無法再次振作。就算是真心的，而且如果，如果我真的和瀨戶山同學這麼醒目的人物交往，絕對會成為全校的關注焦點，我一定無法忍受。但是，要拒絕也讓我畏縮。

這方法不只對瀨戶山同學不好意思，也非常卑鄙，但我決定不當一回事後，心情輕鬆許多。

就在我鬆懈的瞬間。

「怎麼啦？瀨戶！」

突然冒出來的聲音讓我忍不住震了一下。

瀨戶。連我也知道這是瀨戶山同學的綽號。我戒慎恐懼地轉過頭看往聲音方向，被喊名字的瀨戶山同學和另外兩個應該是他朋友的男生，正從鞋櫃後方現身。

瀨戶山同學稍微拉鬆領帶，肩上揹著學校指定的書包。他捲起襯衫袖子，雙手插在口袋中，看起來很不悅地說著：「沒有啊。」我覺得四周的女生不論學姊還是學妹，大家都頻頻看著他。

話說回來，今天為什麼會遇到這麼多不應該會遇見的人啊？自然組和社會組不同，上完課之後還有額外輔導課，也就是所謂的第七堂課，所以平常根本不可能同時放學。

「你很沒精神耶，發生什麼事了啦？」

「中午之後突然沒精神，你該不會吃壞肚子了吧？」

「啊，真是的！你們真的很囉嗦耶！別管我。」

瀨戶山同學一臉煩躁地粗聲回應兩個和他說話的男生，與其說是沒精神，倒不如說相當不悅。他朋友說他從中午開始就不對勁，這讓我不禁緊緊抱住放著那封信的包包。

瀨戶山同學似乎很沮喪。從中午開始，也就是在我收下那封信之後。這不管怎麼想，都是因為那封信，對吧？

他或許以為抽屜裡會留下什麼回信。如果很在意什麼也沒有的話，那封信果然是認真的嗎？

我偷偷藏身在柱子後方看著地面，避免被朝著這邊走來的瀨戶山同學一行人發現。要是被發現就糟了。他的朋友似乎不知道信的事情，但或許知道他喜歡誰。

聽見他們的腳步聲逐漸靠近，我的心臟噗通噗通劇烈鼓動。

要是被他發現我在這裡該怎麼辦？我在心裡祈禱著「拜託就這樣走過去，拜託別發現我」，戰戰兢兢地看向他，結果眼神正好與他對上，於是我秒速別開眼。

糟糕、糟糕、糟糕、糟糕。絕對被他發現了。

我直盯著地面看，連眨眼也忘了。

如果那封信真的是寫給我的，對方理所當然認識我，對我沒有回信一事感到不滿……

要是他在這裡找我說話，不，要是他提起和信件有關的事情，一切都完蛋了。旁邊有很多學生，明天肯定會謠言四起。

別和我說話！拜託就這樣直接回家啦！

「瀨戶怎麼啦？」

朝我接近的腳步聲在我身邊愕然停止，取而代之聽見他朋友問他怎麼了的聲音，我身上開始冒冷汗。

拜託！什麼也別說！我會回信啦！雖然今天沒辦法，下週，不，明天、我明天絕對會回。所以拜託，千萬別和我說話。拜託千萬別在人這麼多的地方提起情書的事情啊！

我緊閉雙眼在心裡瘋狂大喊。

「喂，妳……」

「希美對不起！讓妳久等了！」

當我聽見瀨戶山同學應該是對我說話的聲音而在心中大聲尖叫時，江里乃的聲音蓋過他的聲音傳進耳裡，讓我猛然抬頭。

「江、江里乃！辛、辛苦妳了！」

我裝作完全沒聽見瀨戶山同學的聲音，逃難般跑到正在換鞋子的江里乃身邊。

救、救了我一命啊！江里乃，時機超讚！

「對不起，妳等很久了吧？我被老師抓住了。」

「不會啦，沒有關係！肚、肚子好餓喔！我們走吧！」

我想著得盡快離開這裡才行，邊推江里乃的背邊催促著「快一點、快一點」。我至今從未這般催促過她，反常的舉止讓江里乃露出驚訝與困惑的表情。為了不讓瀨戶山同學有機會找我說話，我看著江里乃說個不停，背對他加快腳步走出校舍。背後傳來男生問瀨戶山同學「你朋友嗎？」的聲音，也聽見他冷淡回應：「……不是。」我不知道他當時露出怎樣的表情。

快步離開學校，抵達步行十分鐘即可抵達的最近車站，近鐵奈良線的新大宮站。進站後正好有一輛往大阪難波方向的準急行列車到站，我們連忙上車。為了慎重起見，我四周張望確認沒看見瀨戶山同學一行人的身影。再怎樣都不會在這裡遇見他們了吧。

總之逃過一劫，太驚險了。如果江里乃沒適時出現，會變成怎樣啊？一想到這裡讓我鬆了一口氣，這才發現因為一路快步走到車站，所以氣息有點紊亂。明明就邊和江里乃聊天，但因為太拚命逃跑，我根本不記得說了什麼。

「剛剛那是瀨戶山吧？」

江里乃邊靠上車門邊小聲說，現在光聽到瀨戶山同學的名字都讓我有點緊張。「咦、啊、嗯，是嗎？」我回以胡言亂語的回答。看見我這樣，江里乃深感興趣地窺探我的臉，「該不會……」露出竊笑，她的表情讓我有不好的預感。

「所以妳才會這麼罕見地朝我衝過來啊？」

「什、什麼所以啊？為、為什麼那樣說？完全沒關係啊！」

隨便都能猜到江里乃在想什麼，她肯定以為我單戀瀨戶山同學，以為因為喜歡的男生走到附近，才害羞地朝她衝過去。我慌張否認後，慌張的模樣似乎更加深這份可疑，她只是笑著說：「哎呀哎呀，不用藏也沒關係啦。」

不是她想的那樣，我只是在逃跑而已。但我不知該如何說明，支支吾吾的反應又更加深她的誤會。

「哎唷，我都不知道耶。」

「所、所以說不是妳想的那樣啦！誤會，我真的一點也不喜歡他啦！」

「真的嗎？瀨戶山同學挺帥氣的耶～？」

大概是我太用力否認吧，江里乃不可思議地稍微歪頭。同一時間，電車抵達大和西大寺站，車門「咻」的一聲打開。

「雖然很帥，但我又不知道他是怎樣的人……」

我和江里乃一起走出電車，邊說邊上樓梯朝收票口走去。

「嗯，是這樣說沒錯啦。但大家都是那樣吧？也很常聽見因為同班感情變好，喜歡上彼此後開始交往，交往之後感覺和想像中不太一樣的例子啊。」

「那如果瀨戶山同學向妳告白，妳會和他交往嗎？」

「這個嘛，應該會吧～～他又帥，又沒聽說過他的壞話。」

看著江里乃毫無惡意「啊哈哈」地笑著回答，讓我覺得真有她的風格。

光我知道的，江里乃已經交過三、四個男友了，理由總是「因為被告白了」。但過幾個月，她就會滿不在乎地說著「好像不太合」，報告分手消息。我總是照著她字面上的意思理解，但對江里乃來說，那就是「和想像中不一樣」吧。

但我覺得因為是江里乃，才能好好向對方說出「合不來」，如果是我，絕對沒辦法因為覺得「不太一樣」就自己提分手。可以想見我會害怕傷害對方，不想要當壞人，然後拖拖拉拉和對方繼續交往。

「開玩笑啦，開玩笑！」

在前往購物中心的路上，江里乃突然慌張出聲。

「什麼？」

「別擔心！瀨戶山不可能向我告白啦！而且說起來，我不可能和好朋友喜歡的人交往啦！」

似乎是因為我沉默思考，結果讓她誤會我在沮喪。這麼說來，我們剛好講到要是被告白、交往之類的話題。

「啊，不是不是！我在想其他事情啦，而且我真的沒有喜歡瀨戶山同學！」

「真的嗎？」

江里乃不安地質疑，我再次強調「不是不是」。雖然她說「好吧，就當作妳不喜歡吧」，但她放棄似地聳肩，讓我覺得她完全不相信我的說詞。感覺繼續否認下去只會加深誤會，總之先結束話題，反正江里乃大概也沒想要追問吧，話題便轉成我們今天要去哪家店買什麼東西。

這幾天白天的氣溫還很溫暖，但不知從何時開始，天色轉暗的時間變早了。逛了喜愛也常去的雜貨商品店，到書店買新出的漫畫和小說，還順便買了文具。最後兩人一起去拍大頭貼，在速食店裡聊到太陽西下，回過神時已經過了五點，周遭變得相當昏暗，氣溫也一口氣下降，讓人感覺到寒意。當我們走出店裡準備回家時，一旁的軌道正好有回送電車疾駛而過，一陣強風穿過我們兩人之間。

走進車站後，回家方向不同的我們分別走向不同月台。目送對向月台的江里乃搭上電車後，我也坐上接著進站的電車。

外頭完全被夜色籠罩，我的臉倒映在車窗上。大概是不久前還看著江里乃的漂亮臉蛋吧，感覺眼前這張自己的臉比平時更加平凡，是毫無特徵也沒魅力的臉。雖然不醜，卻也少有人說可愛或漂亮。要我自己舉個優點，大概就是偏白皙且完全沒青春痘的肌膚吧。

身高偏矮只有一百五十四公分，身體有點肉肉，留到肩胛骨附近的頭髮又硬又粗，放下來就會變成一頭雜草，所以我總是綁成丸子頭來掩飾。

我對自己的外貌沒太大不滿，只不過客觀觀察後，還是覺得很不可思議。

為什麼是我啊？

從包包中拿出瀨戶山同學的信。

這告白似乎是認真的，認真到他因為沒有得到回應而有點沮喪。看著這張從筆記本上撕下的縐縐紙條，我想著「要是寫在更漂亮的紙上，看起來會更像情書吧？」的同時，也冒出「或許他就是如此拚命了吧」的想法。

我喜歡妳。

他需要鼓起多大的勇氣，才能寫下這幾個字呢？是抱著怎樣的心情等待回應呢？

從沒主動告白過的我，完全無法想像。短短幾個字裡，塞滿了他的心意。一想到這兒，我直接感受到他對我的好感，時至此刻，我的心臟才突然漏跳一拍。

我從來不曾用如此簡單易懂的文字表達自己的心意。和矢野學長交往時，我從來不曾告訴他，我從他告白前就對他有好感，甚至就連分手時，我也沒能說出自己的心情。

瀨戶山同學沮喪到讓他的朋友開口問他「你怎麼了？」，這應該可以表示他對這封信投入多少心意吧。雖然我一度決定當沒看見，但這果然對瀨戶山同學太失禮了，再加上要是他下次擦身而過時又喊住我，這也讓我很頭痛。

「得回信才行啊。」

把信摺起來，我看著倒映自己身影的玻璃窗那頭的夜空低喃。

但是，該怎麼回才好啊？

我只認識大家謠言中的他，擅自判斷「他大概是這種個性的人」而不太喜歡他。因為這份心情現在也沒有改變，所以絕對不可能如江里乃所說的選擇「總之先交往看看」。也就是說，我得寫下拒絕的回應。拒絕是我最不擅長的行為，但透過信件似乎能辦到。因此，得努力回信給瀨戶山同學才行。

下定決心後，我突然驚覺一件很重要的事情。

沒錯，回信，這也就代表我得要把信送到瀨戶山同學手上。

「……該怎麼拿給他啊？」

我不僅和瀨戶山同學不同班，連教室大樓都不同。我頂多在換教室上課時才會走進自然組大樓，如果在沒事時單獨前往，肯定會很顯眼。趁著空無一人的時間，偷偷跑進他們班教室，把信貼在他桌上如何呢？不行，不知道誰會在什麼時候出現，太危險了。萬一被誰看見就完全變成可疑人物了啊，還可能會被誤會成跟著瀨戶山同學的跟蹤狂。親手交給他更是辦不到，誰要自己做出這種醒目舉動啊。

怎麼辦，完全想不出好方法。

再等一週就有選修課，可以到時再把回信放進他的抽屜裡，但不知道他願不願意等到那時候……

或許會像今天一樣，一看到我就跑來找我說話。而且在那之前，他可能會一直很沮喪。

這出乎意料外的大問題，讓我頭大到根本無暇思考回信內容了。

非常

謝謝你

我四處張望，確認空無一人後，躡手躡腳地靠近自然組的鞋櫃附近。

昨天拚命煩惱後，決定採取最簡單的方法，就是把回信放進他的鞋櫃裡。雖然我不知道瀨戶山同學的鞋櫃是哪一格，但我知道自然組用哪一座鞋櫃。雖然很過意不去，但也只能打開每個鞋櫃看室內鞋上的名字。我想也沒想到，得在室內鞋上寫名字的規定竟然能派上這麼大的用場。

要是被人目擊我打開每個鞋櫃來看，或看見我把信放進瀨戶山同學的鞋櫃裡，從各方面來說，肯定會立刻傳出謠言。如此一想，平常八點半左右才到校的我，今天七點半就到學校了。多虧如此，校舍裡還沒有其他人，感覺不會讓人看見我詭異的舉動。

開了數十個鞋櫃後終於找到瀨戶山同學的室內鞋時，我的心臟劇烈跳動，胃也開始抽痛。我微嘟起嘴，邊吐氣邊從包包中拿出回信。

過度緊張讓我的手輕顫，我輕輕把回信放在室內鞋上。小聲地說「好了」後，關上鞋櫃門，立刻轉身離開。

使出全力衝過走廊，走進空無一人的教室瞬間，我慢慢滑坐在地板上。不知道是因為奔跑還是因為緊張，我的心臟劇烈跳動，血液在身體中全速流動，讓我有點噁心。

「真的給出去了……」

給出去了。給出去了！

實際上只是放進鞋櫃裡而已，但別計較那麼多。

連自己也感覺臉頰紅得發熱，重複好幾次深呼吸後，我再次回想自己寫的回信。

雖然輸給他，但也是字數很少的文字。為了以防萬一，我沒寫上自己的名字，藉此避免瀨戶山同學不小心把信弄丟被誰看見，或是其他人和他一起發現這封信之類的狀況。

雖然內容稱不上回信，但這樣就好了吧。或者還是寫其他的話比較好。而且，感覺應該別用活頁紙，用信紙和信封回信比較好吧。

為了寫出那句話，我花了三個小時。因為這樣，鑽進被窩時已經凌晨兩點了。雖然也寫了「我很高興，但是很對不起」之類的內容，但就是覺得不太對勁。而且說起來，他只寫了「我喜歡妳」又沒有寫「請妳和我交往」，我寫信回絕也很奇怪吧，但雖然這樣說，回以道謝好像也很奇怪。

「啊～～討厭啦……！」

明明思考那麼久了，還是覺得應該能寫出更好的回應。現在還有機會，只要快點把信拿回來就可以挽回，應該還沒人來學校吧。

抱頭煩惱一陣子後，我喊出「算了！」下定決心，繼續煩惱下去只是鬼打牆繞圈圈而已。

從地上站起身，走回自己的位子坐下。昨天晚睡加上今天早起，所以有點睡眠不足，趁大家來之前稍微睡一下吧，也得讓仍急速鼓動的心臟冷靜下來才行。把頭靠在桌面，反覆深呼吸，側耳傾聽自己胸口的聲音。閉上眼睛後，感覺腦袋開始輕飄飄，彷彿一切都像在作夢。

那封信，就待在狹小的鞋櫃裡等待瀨戶山同學，在他到校前，還要等多久呢？只要他打開鞋櫃，就能看到那封信。一想到他那副模樣又讓我心跳加速。

瀨戶山同學看見那封回信後會有什麼反應呢？會失望嗎？還是因為得到回信而感到開心呢？

或許會再次回信？

開玩笑的，那怎麼可能啊。雖然沒有明確拒絕，但那句話肯定已經明白傳達出其中包含的意思了。

百般煩惱後寫下那封信，早起，緊張到手不停發抖，才終於把信放到他身邊去。想到這彷彿是我寫情書給他一樣，我不禁露出笑容。

我只寫了「非常謝謝你」，也就是迂迴地拒絕。但為什麼我會如此煩惱，滿腦子都想著他，心臟劇烈地跳個不停呢？

那肯定是因為，不管內容是什麼，這是我第一次用自己的話語向對方表達出自己想法的關係。

瀨戶山同學……也是這種感覺嗎？

等到心跳平穩下來後，又再次想著「啊啊，我真的給出去了」，有種完成一項大工作的成就感。

同時，意識逐漸飄遠的感覺朝我襲擊而來。

紙片的對話

那是什麼意思？

安然無事度過一週讓我失去了戒心，我完全鬆懈了。

週三第四堂課。選修課開始上課不久，我立刻察覺到不對勁，因為今天抽屜裡也空無一物，只有一張紙條和上次一樣用膠帶貼在裡面。

那是我回信的活頁紙，在我的回覆後面接著寫了這句話。雖然沒寫寄信人的名字，但怎麼想都只有一個人，就是這個座位的主人，瀨戶山同學。

我抱著頭小聲低呼：「為什麼啊……」

為什麼會有回信啊？而且這個內容是怎樣啦。

把回信放進瀨戶山同學的鞋櫃中已經過了一週，剛開始兩、三天，我擔心著「要是不小心遇到，他會不會說什麼？」或是「會不會發生什麼事情？」而坐立不安。想到他也可能直接找到教室來，下課時間總是相當緊張。幸好，平安無事地度過了一週。我還想著「那個回應沒問題啊，這樣就結束了」而鬆了一口氣耶。

又重新讀了瀨戶山同學的信。就算他問「那是什麼意思？」我也很困擾，我也很想回他同一句話啊。手撐著額頭，我「唉～～」地嘆了一口氣。他用疑問句回信，那就代表我得回信才行。但是該寫什麼才好啊？緊握在手上的筆完全沒有移動的跡象。

他寫了「我喜歡妳」，我回了「謝謝你」，如果我喜歡瀨戶山同學，應該就會回「我也喜歡你」吧。

但我沒這樣寫。

這也就表示「謝謝」這句話是我最真實的心意，僅此而已。要是我主動告白，對方回以這句話，我就絕對不會回問：「那是什麼意思？」

真希望他可以稍微理解我的心情啊，這是我太貪心了嗎？

啊啊真是的，我完全想不出來要回什麼。回「就是字面上的意思」吧？不行，這種說法跟態度太糟糕了。或是直接回問：「那是什麼意思？」但回以疑問句之後，他又會回信啊。一定要避開這件事。

但感覺不管回什麼，他都會有所回應。

看一眼手錶，不知不覺已經過幾十分鐘了。要是每週都收到這種信，根本無法專心上課。我現在連上週上了什麼都想不起來，本來就不擅長的數學B，再這樣下去就回天乏術了啊！下個月底就要期末考了耶。

但要是他直接來問我回應也會讓我困擾，還是得寫些什麼才行。

一週前的煩惱，再次降臨。

啊啊，我開始頭痛了……

結果今天也沒聽進任何一個公式，就這樣下課了。

「哎，江里乃對不起，每次都麻煩妳。」

「別在意別在意，快點去吧～～」

一如往常地把東西拜託給江里乃，我把瀨戶山同學給的活頁紙偷偷收進口袋後站起身。

把上課丟到一旁煩惱著該寫些什麼，卻連一個字也想不出來。沒辦法，就在廣播室裡慢慢想吧。瀨戶山同學大概又會因為今天沒有收到回信而沮喪吧？總之要趕在瀨戶山同學回來之前離開教室。

走進廣播室，開始播放廣播。今天的第一首歌，是最近很受女生歡迎的女歌手唱出單戀痛苦的歌曲。

我拿出便當，邊吃邊看瀨戶山同學給我的信。我到剛才為止，絲毫無法理解他回問這句道謝是什麼意思的心情。在廣播室裡獨處後，我開始覺得他或許就是那般拚命吧，就是如此喜歡我吧。

如果瀨戶山同學有意，他也可以選擇比我可愛上好幾倍的女生。就算不主動出擊也會有許多女生向他告白吧？我知道他已經被很多女生告白過了。

儘管如此，他卻喜歡我。真是太不可思議了。

不對，比起那種事，總之、總之啦，現在得要先寫回信才行。

「謝謝」除了感謝以外沒任何意思，但即使如此他仍反問「什麼意思？」，這代表他沒辦法接受這個回應吧。也就是說，我得把心中的想法全寫出來才行。

「除此之外，我找不到別的話好說。」

「我到底該說什麼話才好？」

這兩句話給人的感覺都很差，但直接寫「你的心意讓我很高興」感覺也不是他想要的內容，反而可能會讓他有奇怪的期待。

嗯～～該怎麼辦？越思考越不知道該怎麼辦才好了。

……不對，等等、等等。

光想著回信的事情，我突然想到我忽略了一件事。

我的回信用相同方法回給瀨戶山同學就好了，但那之後呢？如果他又寫了回信，我該怎麼收信啊？如果他願意和這次一樣，等到下週換教室上課時就好了，但他也可能不願意。我非常認真地不想再過一週坐立不安的生活啊！可以的話，我希望能在下次回信時結束這一切，但考慮到萬一，回信時也直接指定瀨戶山同學回信的方法可能比較好吧。

但雖然這樣說，我也沒辦法簡單地想出好方法啊。就算寫「請在一週後的週三，和先前相同方法給我回信」好了，但他也可能無法等待而跑來突襲，若是直寫「請別找我說話」，再怎樣做，感覺都會傷害了他。

我無法預測瀨戶山同學會採取什麼行動。

就在我煩惱回信內容與收信方法時，午間廣播時間結束了。

我垂頭喪氣地打開廣播室的門時，突然看見門口旁的小箱子。

那是為了收學生的留言或是點播而設置，以紙箱做出來的意見箱。之前我確認裡面時，只有一張兩個月前的點播歌單，其他廣播委員都沒人確認過箱子吧。因為沒有鎖，若真的想要看，每個人都能打開箱子。但這裡是幾乎沒有學生知道的小房間，隔壁還是被老師拿來當倉庫使用的空房間，一旁的樓梯也很少人經過。不僅離穿廊最遠，樓梯附近的教室也因為學生人數減少，現在全部都是空教室。如果要走樓梯，利用校舍正中央和另外一側的樓梯會更方便。

拿起好久沒開的意見箱，打開只用魔鬼氈黏住的背後蓋子，裡面當然是空無一物。

……拿這個來收信不就好了嗎？

因為我對你不了解……

為什麼是我？

P.S. 可以請你把回信

放進廣播室前面的意見箱裡嗎？

隔天，我又早起到校，把回信放進瀨戶山同學的鞋櫃裡。因為隱約記住了位置，很順利就找到他的鞋櫃，但要放信時還是感覺很緊張。

把信放進鞋櫃後，急急忙忙走回教室。走進教室確實關上門後，我才終於有辦法呼吸。雖然比上次更迅速完成任務，但這種事情要是再來幾次，我想我總有一天會因神經衰弱而倒下，而且不僅如此，還會連續好幾天睡眠不足。

邊調整紊亂氣息，邊慢慢走向自己的座位坐下。接著，我和上次一樣回想自己的回信內容，感覺這次也沒好好回答，但那已經是我使出全力的結果了。

瀨戶山同學會怎樣回應那個內容呢？我的回答旁加上瀨戶山同學的字，接著再次回到我身邊——兩個人在同一張紙上留下訊息，彷彿就跟筆友一樣嘛，不對，這應該算是交換日記吧？

當我半夢半醒地在早晨寧靜的教室中度過時，開門的聲音驚醒了我。

「咦？希美，早安啊。」

江里乃看見我，露出驚訝的表情。時間是八點十分，學校還沒有太多人，因此江里乃的聲音聽起來比平常更為響亮。

「妳又提早來了耶，怎麼了嗎？」

「早！妳總是很早來耶。」

「因為住鄉下嘛，沒有辦法。」

江里乃住在離學校有一段距離的地區，她說從家裡到最近的車站得搭公車，但公車班次很少，因此她總是會第一個到校。

江里乃把東西放在自己的座位上後，在我前面的位子上坐下。

「啊，這麼說來，我剛剛在鞋櫃前遇到瀨戶山喔。」

「……什麼？」

出乎意料的名字嚇我一跳，江里乃露出不懷好意的詭異笑容。

「妳最近這麼早來學校，該不會是和瀨戶山有關係吧？我從沒一大早見到瀨戶山，而妳也碰巧在這天提早來學校，很可疑喔～～」

「才、才沒有！完全沒這回事……！真的！一點關係也沒有！」

我慌慌張張否認，但從江里乃止不住笑的表情來看，就知道我只是越描越黑，她甚至還對我說：「別擔心，我會替妳保密。」

「真的不是妳想的那樣。」我再次強調後，兩個男生喊著：「早啊～～」走進教室。不論男女都交友廣闊的江里乃，和只打招呼的我不同，立刻說著：「突然想到～～」跑去找那兩個男生說話，我完全錯失解開誤會的時機。

話說回來，瀨戶山同學為什麼這麼早來學校啊？

江里乃說她從沒在上學時碰見瀨戶山同學，所以他平常應該更晚來，那麼為什麼「今天」會「一大早」就來學校呢？

該不會是在等我回信吧？

上週把信放進抽屜裡後隔天收到回信，他或許想著「今天也是如此」吧。

被他本人看見把信放進鞋櫃的那一幕也無所謂吧……不，那還是害臊過頭，根本辦不到啊！光想像讓我一張臉都白了。

太驚險了！好險我提早到，但也可以說是我太早來學校了！鬆了一口氣的同時，也想著如果又要寫回信，下一次要更早來學校比較好吧。是因為寫信才有辦法與他對話，我可沒勇氣當面和他說話。可以想見，我會不知道該怎麼回答他對著我直說的發言而陷入恐慌。就和矢野學長對我告白時，我雖然不知所措也點頭答應一樣。如同不知道該和站在身邊的學長說什麼，連應和也辦不到一樣。以及，如同他對我提出分手時一樣。

照著對方說的做，什麼也說不出口，這就是我的缺點。

一想到這裡，就覺得瀨戶山同學用情書的方式向我告白真的是太好了。

再來就是，接下來該怎麼辦、會怎麼發展了。

八點半過後，教室裡也明顯喧鬧起來。

「早安啊～～！」

我和再度跑過來找我的江里乃面對面聊著昨天的電視和漫畫時，優子來了。今天仍是這般有精神。

「早啊～～妳今天的聲音是不是比平常還大啊？」

「啊哈哈，早安啊！優子。」

「因為我每天都很開心啊！」

優子挺高胸膛自信滿滿地回答，江里乃回應：「什麼啊。」

「啊，對了對了，希美！雖然還有點久，但是日期確定了喔！」

優子又加上一句「記得把放學後的時間空下來喔」。正當我歪頭想著是什麼事情時，優子無奈地說：「聯誼啦，聯誼。」

這麼說來，似乎有這麼一回事，但因為瀨戶山同學的情書，我完全忘掉了。

「希美，妳要去聯誼嗎？為什麼？」

「當然是因為想要交男友啊～～」

江里乃一臉不可思議地看著我問。優子代替我回答，在她心中，她大概把我答應要去的這件事解釋成我想要交男朋友吧。

江里乃接著像是尋求我的回答，非常認真地問我：「是真的嗎？」該怎麼回答才好？要是說「因為優子來邀我」，或許會被誤會為優子強迫我參加；但如果讓她們誤會我想交男友，往後一有聯誼就來邀我也會讓我很困擾。就在我腦袋轉個不停地思考時，江里乃說：

「別去啦。又不是誰都好，不是嗎？不用去也沒關係啦。」

「咦、啊，那個……」

江里乃的語氣充滿擔憂，讓我手足無措。她或許是以為我喜歡瀨戶山同學，所以才阻止我去，知道我無法拒絕他人邀約的個性才擔心我的吧。

「優子，該不會是妳勉強她吧？」

「欸～～我才沒有咧～～什麼？希美其實不想去嗎？」

江里乃這句話讓優子有點鬧彆扭地嘟起嘴來。

「不是，沒這回事……」

「希美也真是的，好好明白地說出來啊。」

江里乃這次的語氣帶有些許怒氣。但就算她要我明白說，我該說什麼好啊？我想優子也是為了我著想才來邀我，我也知道江里乃是擔心我。雖然她們兩人都有點誤會了，但那不是什麼大問題，因為不管理由為何，說「要去」的人都是我。

「那個，」我再次開口，慢慢說出想說的話——

「別、別擔心，雖然是因為優子來邀我，但我也沒有不想去。我也有點好奇是什麼感覺。」

最後加上一句：「但是，謝謝妳擔心我。」

「……嗯，如果是這樣就好了。」

「看吧～～江里乃太過度保護希美了啦。」

江里乃散發出不太能接受的氛圍，有點無奈地聳聳肩。對此，優子開朗大聲說話，因為她是邊呵呵開心地笑著邊說，讓江里乃也不覺噴笑回以「因為她是我最可愛、最可愛的希美啊」這種玩笑話。

稍微變得尷尬的氣氛就被優子豪爽的笑容沖淡了。

「那，時間和地點決定後再跟妳說喔。」

預備鐘響起，我看著優子和江里乃起身離去的背影，鬆了一口氣。

對只能觀察氣氛、說出最不得罪人發言的我來說，我其實很憧憬江里乃敢直言不諱說出自己意見的個性。但江里乃毫不修飾的發言，偶爾會讓我冷汗直流。要是有人在我面前吵起架來，我真的會不知該如何是好。

理性的江里乃和感性的優子之間，過去也和剛剛相同，曾出現一觸即發的氣氛。這種時候，我總是不知所措。但即使如此，她們兩人還是很要好，所以大概輪不到我窮緊張吧。

最大的問題，是什麼也說不出口的我。

我從之前就很在意妳

覺得妳有自我意志，很帥氣

話說回來，我很噁心對吧

意見箱是這個沒錯吧？

不會被廣播委員看見嗎？

我想著「該不會……」，放學後偷偷摸摸、掩人耳目，跑去看廣播室前的意見箱，裡面擺著一張摺起來的活頁紙，這次也和上次相同，瀨戶山同學的回信就寫在我的回覆後面。

回家路上，我不停反芻文章內容，回到家後也坐在桌前看了瀨戶山同學的文字好幾次。

從「我喜歡妳」開始的對話，一開始是只有單字的含糊往來，但現在感覺已經變成完整的對話了。他問我是什麼意思，我回答後，又收到他的回應。

依序看著寫在紙上的文字，感受到我真的在和瀨戶山同學對話。接著也感覺現在稍微出現了和先前不太一樣的心情，也就是「喜悅」、「開心」這類的情緒。一開始的心情還那麼複雜耶，真是不可思議。

不自覺地從抽屜裡拿出第一封信，那從筆記本上撕下來的一角，而且綯成一團的情書。

他寫在活頁紙上的字，筆跡豪邁，給人流暢書寫的印象。大概是學過書法吧，他的字很漂亮。和我稍微圓潤的字並排在一起，就可以明顯看出他每個字都寫得很大，果然是男生寫出來的字。

但第一封信上的「我喜歡妳」這幾個字，感覺寫得特別小心翼翼，文字有點生硬。他可能是隨手拿出一張紙，但他寫這幾個字時或許還是很緊張。

「我從之前就很在意妳」

雖然他這樣說，但我不知道他為什麼會在意我這種人。「之前」到底是從什麼時候開始？有什麼成為契機的事情嗎？我應該沒和他說過話。如果和瀨戶山同學說過話，我絕對不可能忘記。

而且「覺得妳有自我意志，很帥氣」，這句話和我一點也不搭，甚至會感到「這是在說誰啊？」的不安。我自己根本從沒這樣想過，反而覺得正好相反。我總是配合著朋友，他是看見我哪一點覺得「很帥氣」呢？雖然我老是想著希望能成為被他人如此認為的人。

即使如此，我也知道瀨戶山同學絕對不是開玩笑而說出這樣的話，因為他今天立刻就回信了啊。大概是在等待我的回應吧。

與第一次收到他的信時相較，他的心情讓我感到更加開心。
雖然這樣說……
「交往之類的，應該辦不到吧。」
說出口後，自己點點頭贊同地「嗯」了一下。
到目前為止的信，雖然沒有明確寫出來，但他應該是想要「和我交往」吧。但他肯定也不怎麼了解我。絕對是這樣，大概有什麼誤會吧。在彼此不了解的情況下交往，我絕對辦不到。從和矢野學長交往的經驗中我知道，在不了解彼此的狀況下交往也不會順利。
「啊～～……該怎麼辦啦。」
我「呼」地小聲吐氣後，最後又再看了一次信。
「我很噁心對吧」這句話讓我覺得他好可愛，因為瀨戶山同學完全沒給人會說出這種話的印象。我一直以為他是個總是對自己有自信，不會緊張也不會不安的人。只是那是我擅自如此認為，我完全不知道他實際上是怎樣的人。
真正的他，是怎樣的男生呢？
今天在平常的時間搭電車上學，途中忍住好幾個呵欠。雖然和平常相同時間起床，但太晚睡了所以很睏，而且我還寫不出回信來。凌晨兩點，沒辦法繼續撐下去的我放棄思考上床睡覺，但在被窩裡還是滿腦子想著信，結果也不太能入眠。

在離學校最近的車站下車往學校走去時，突然發現瀨戶山同學悠閒步行的背影就在眼前，我反射性地緩下腳步，低著頭走路以免被他發現。今天為什麼是搭同一班電車啊。

「早安啊！瀨戶！」

背後突然傳來大聲呼喊瀨戶山同學的聲音，我慌慌張張躲在前方的陌生人身後。聲音主人走過我身邊，跑到瀨戶山同學身旁。

「喲，怎麼啦，你今天還真早耶？」

「我老媽一大早就囉哩囉嗦個不停，所以我早早就出門了。倒是你每天都準時同一個時間耶。」

「我奶奶很早起，所以都會被吵醒啦。」

他們兩人大聲說話，我才知道瀨戶山同學平常都是搭這班電車上學。我也總是同一個時間走這條路上學但卻從來沒發現過，我們不知道擦身而過幾次了。

接下來在第一堂課結束時我看見了瀨戶山同學，他似乎是換教室上課，拿著課本和筆袋，和朋友一起經過我們教室前面。很少見自然組學生會出現在社會組大樓，今天大概有什麼特殊的課程吧。

「怎麼啦，妳幹嘛突然盯著自然組的男生看啊？」

當我直盯著走廊看時，優子的臉突然出現在我面前。

「啊，那個，想說很少看見他們，不知道是怎麼了。」

「幹嘛突然這樣說，他們每個禮拜都會來啊，應該是音樂課吧？」

我完全不知道。

第五堂課時，看見瀨戶山同學在操場上踢足球。週五的這個時間，似乎正好是體育課。令人意外的，只要不在意，根本看不見這個人的身影。之前一直以為是很少見到的存在，但也並非如此。光今天一天就有好多次碰面的機會，瀨戶山同學或許是近在身邊的存在。

但我為什麼會突然變得這麼頻繁發現瀨戶山同學的身影呢？因為收到信的關係，我多多少少也開始意識到他了嗎？

現在也是，只是瞥了一眼操場而已，立刻就發現瀨戶山同學的身影了。在自然組男生中，他最為活躍。而且我總覺得他踢球踢得很棒，剛剛也踢進一球了。

「黑田，黑田希美！」

「是，是的？」

「快來拿，上次的小考考卷。」

被老師喊到名字，我慌慌張張起身走到講台旁接過考卷。這是上週的英文抽考，我完全想不起來自己寫得怎樣而不安，偷偷看考卷確認分數，上面寫著九十七分。因為拼錯單字被扣分。

「全年級黑田考最高分，妳很認真念書呢。」

「謝、謝謝老師。」

老師在眼前大聲誇獎我，班上也響起小聲歡呼，我害臊地低頭走回自己的座位。雖然很開心，但成為注目焦點還是讓我很害羞。拿到九十七分，而且是全學年第一名，果然還是讓我非常驕傲。英文是我最喜歡、最有信心的科目，只不過，其他科目全部不擅長，總是在平均分數上下。其中最糟的是數學，每次光避免不及格就讓我費盡心力，所以能在英文拿高分，讓我覺得我也確實有擅長的事情而感到開心。

再次看向窗外，自然組男生仍拚命踢著足球。

雖然我不太懂足球，但連門外漢也看得出來瀨戶山同學出類拔萃得厲害。不管在哪都能一眼看見的醒目，眼神一不小心就會追著他跑。他真的是運動萬能耶！我記得他現在沒加入社團，或許是踢足球踢到國中畢業而已吧。

瀨戶山同學魔法般地操控足球進門得分，那一瞬間，在一旁上田徑競技的自然組女生尖叫著加油。

那些女生當中，應該有好幾個人都對瀨戶山同學有好感吧。

「我看到超勁爆的事情！」

上完一整天的課，在短班會開始前跑去買飲料的優子，拚命地衝回來大喊，而和她一起去買飲料的朋友情緒也很激動。

「怎、怎麼了嗎？」

「真實告白場面！」

我和江里乃坐在位子上聊天，優子「砰」的一聲用力拍在我桌上，眼睛閃閃發亮。

「我在穿廊旁邊看見告白場面。」

「真的假的？」

江里乃忍不住湊上前去，我也在心中產生興趣，畢竟可沒那麼多機會可以目擊他人的告白場面啊。

「而且對象還是那個瀨戶山同學！」

我的身體震了一下，沒想到此時會冒出瀨戶山同學的名字，我根本沒作好心理準備。大概是看到我的反應吧，江里乃對我投射出富含深意的眼神。

「真是的，旁觀的我都跟著緊張了。」

「然後，結果呢？」

江里乃似乎比較在意這一點，大概是因為在意我吧。

「這又厲害了。對方是學妹，超直接地告白說『我喜歡你！』，瀨戶山同學一如往常地拒絕後，她還繼續問『為什麼？』窮追不捨地逼問他耶。」

優子兩人說原本想馬上離開，但在意到躲在一旁偷看。其中一個女生說，還以為瀨戶山同學會這樣就和學妹交往。

有辦法這樣奮不顧身告白確實相當厲害，但被拒絕後能反問為什麼也很厲害。要是我肯定馬上退縮，而且在那之前，我根本連告白的大門也跨不進去。

我邊「哇」地佩服嘆氣，邊小聲說：「好厲害啊！」

「但瀨戶山同學真帥氣，很明白地對步步逼近的學妹說『我有喜歡的人了，所以沒辦法』耶！」

優子等人一起「呀！」地高聲尖叫，她們的聲音遮掩住我「什麼？」的驚呼聲。

「什麼？瀨戶山有喜歡的女生嗎？那什麼啊，是超級大消息耶！」

就連江里乃也嚇了一大跳，上半身往前傾。優子驕傲地說著：「對吧對吧」，原本只是在旁邊的同班同學也說著「那是怎麼一回事啊」聚集而來，但是我現在好想要離開這裡。

為什麼他要明白說出自己有喜歡的人啊？一想到他口中「喜歡的人」是自己就讓我臉頰抽搐。如果這件事被大家發現，大家會怎麼想我啊？要是還知道我拒絕了他的告白，或許會被大家視為眼中釘吧。光想像都讓我全身發毛。

「而且啊，學妹聽到這裡也不退縮，她還滿可愛的，大概對自己很有自信吧。」

「哇塞，真強。」

江里乃佩服地說道。能讓江里乃這樣說可不容易呢。

「真的很厲害，她還說『如果你們還沒交往，那總之先和我交往啊』，但瀨戶山還是說『那辦不到』耶！到底是怎樣啦，也太帥氣了吧！」

「我有喜歡的人，但妳不是她，很不好意思，我沒辦法和妳交往。」

從優子的轉述也可以清楚感受到瀨戶山同學的心情。這個人也太真誠直率了吧，看見這一幕的優子等人會如此興奮也是當然的。

「最後學妹還哭了耶，瀨戶山同學說了『對不起』之後直接離開。不會做出讓人誤會有希望的溫柔舉止也很帥氣耶，我都快要被他圈粉了！」

不是不清不楚拒絕，而是明白說出口，完全不做出任何會讓人有期待的舉動。應該有許多人認為瀨戶山同學的言行冷淡、過分吧，畢竟他都拋下哭泣的女生不管啊。至少，那個學妹應該很受傷，但他肯定不在意那種事情，不管別人怎麼想都無所謂，他只是做自己相信的事情而已。

我也覺得，這樣的他好帥氣。

「我喜歡妳」

「那是什麼意思？」

「我從之前就很在意妳」

迷迷糊糊想起他的信件內容，他真實無偽的話語，讓我對隨便不明不白回信的自己感到羞愧。

如果沒打算交往，就該盡早結束和他的書信往來，不可以拖拖拉拉讓他有所期待。

謝謝你

但是，我還是
不太了解你
所以很對不起

除了廣播委員之外沒人會看
所以沒關係

我緊緊握住反覆思考後重寫了好幾次的回信。我真的很開心他對我有好感，所以盡量不想傷害他。但我沒寫下任何會讓他有所期待的曖昧話語，這是我現在最真實的心情。

一大早到學校，睜大眼睛四處張望，把信放進早已記住位置的瀨戶山同學的鞋櫃中。

我這次不是用活頁紙，而是選用小信封和成套的信紙。希望能多少表達出這是我認真思考後的回覆，這肯定是最後一封信了。

「雖然有一點遺憾。」

在空無一人的走廊吐露真心話後，我露出苦笑。

如果真的和瀨戶山同學交往，我每天都會坐立不安吧。大家絕對會很好奇地看我，更別說兩人肩並肩走路了，我肯定會因為緊張和不知所措而陷入恐慌，根本無法對話。

但在書信往來的短暫時間裡，我像是作了一場夢。

雖然很困擾、很煩心、讓我非常煩惱，但真的要結束時，還是有點不捨。雖然只有一點點，我或許意外地很愉快，也稍微對瀨戶山同學產生了興趣。

但是，已經結束了。

結束了……對吧。

送出信後腦袋稍微冷靜下來，接著開始感到不安。

應該不會再收到回信了吧。因為我可是明確地寫上「對不起」了，沒有話可以回了吧。

我每次都這樣想，但還是會收到瀨戶山同學的回信。

應該不會。應該不會、吧。

全新的筆記本

那麼，我希望妳能了解我

希望妳能和我交往

交往之後，就能了解我了對吧？

原來會被廣播委員看見啊（笑

那樣不行啦

為什麼會變成這樣。

早已預料可能會收到回信，雖然覺得機率很低，但也想著「或許有可能」。所以我在週一回信那天，偷偷摸摸跑去看廣播室前的意見箱好幾次。也想著可能和我一樣放進鞋櫃裡，打開自己鞋櫃時也小心不讓其他人看見，還想著要是萬一碰到瀨戶山同學就糟了，我還提早了一班電車。

所以週三的今天換教室上課時，我也最先翻看桌子抽屜。

接著發現這張活頁紙。想著不知寫些什麼，緊張地打開一看，就是這個內容。

為什麼？為什麼會在這個時機點說出想和我交往啊！我可是明白寫上「對不起」了吧？那樣還不行嗎？我回信的內容到底是哪裡搞錯了啊？

「希望妳能和我交往」

「……唔……」

直視就讓我雙頰發熱，這段話比第一封信上的「我喜歡妳」還要沉重。我佯裝撐臉頰，想掩飾自己應該染得全紅的臉。

沒想到……他竟然會說出這種話。

瀨戶山同學寫這封信時不會害羞嗎？收信的我可是羞得抬不起頭，心臟跳動聲好吵。

我撐頰看著活頁紙。

和第一封信一樣，瀨戶山同學的字有點生硬。或許從週一到今天，他都在想該怎麼回信吧。他上一次馬上回信給我，這次從週一早上回信後到今天都沒發生任何事。而且還不是放進意見箱，而是放在抽屜裡，大概是認為我不會再去確認意見箱吧。

「我希望妳能了解我」

就算他說希望我了解他……我怎樣都不可能有「為了了解而交往」這種想法，要是交往的話，大概立刻會成為全校的八卦。但我也絕對無法自己說出「果然還是不行」、「我們合不來，還是分手吧」之類的話。

也可能是瀨戶山同學想要分手，而且還是和矢野學長相同的理由。

我已經不想再次嘗到那種心情了。

對象換成瀨戶山同學後，受關注的程度也會上升，分手時的悲哀感也會倍增吧。

連續三週，我就在心情憂鬱中迎接午間廣播時間。

播放音樂時和活頁紙大眼瞪小眼，逐漸變成我的生活日常。

「真的想和我交往嗎……？」

問出口，當然得不到回答。

瀨戶山同學大概沒想到，我會用這種心情播放廣播吧。

……話說回來。

瀨戶山同學知道我是負責今天午間廣播的人嗎？廣播開頭基本上會打招呼說「我是

黑田」，但看這封信，他或許不知道我就是廣播委員。

「會被廣播委員看見啊」

如果他知道我是廣播委員，會說這種話嗎？或許他其實不知道我的名字……

不，怎麼可能啊。不可能。不、不可能……不可能？

這麼說來，從告白到今天，收到的信從沒寫上我的名字過。我從沒想過他不知道我的名字，但這並非不可能，因為我沒和他說過話，我們也沒有交集，他不知道我的名字也不奇怪。我會知道瀨戶山同學的全名是因為他很有名，除了他之外，我不知道任何個自然組學生的名字。

但是，有可能喜歡上一個連名字也不知道的人嗎？不對，大概沒有人會認真聽午間廣播吧，所以也可能只是不知道我是廣播委員。

思考了一會兒，但不管他知不知道，現在都不重要。雖然很在意，現在總之先擺到一邊去，我現在要面對的問題是回信。

「應該只能拒絕吧……」

既然他單刀直入說希望和我交往，我就得明白回答「ＹＥＳ」或是「ＮＯ」。雖然我不擅長說清楚，但都到這個地步了，不明說不行。

「好。」

我小聲替自己打氣，在他的回信下方，用比平常更工整的文字寫下「對不起，我沒辦法和你交往」。如此明白拒絕，只是寫成文字都讓我痛心。

和矢野學長交往的契機，是因為他向我告白。生平第一次聽到「我喜歡妳」讓我不知所措，結果不小心點頭答應交往。那不是件好事。

瀨戶山同學不會這樣做，他真誠面對當面向他告白的女生。就算對方哭泣，也會好好說出自己的想法。我也要向他看齊，不可以因為在意對方的反應而改變自己的答案。

想說的事情，不管怎麼煩惱也不會改變。

再一次對自己打氣說「好」，把寫上回覆的紙摺好放進口袋裡。

最後一首歌播畢，說完結束午間廣播的台詞後關掉電源，我邊想著「今天似乎比平常更早結束耶」，邊看手錶開門的瞬間……

「哇！」

聽見驚呼聲的同時，「咚」地直接撞上人。

「對、對不……起。」

因為這邊在教職員辦公室旁邊，平常不太有人經過而疏忽了，我沒有先確認走廊上有沒有人就推開門。我慌慌張張抬起頭，眼前的瀨戶山同學一臉驚訝地看著我。

為、為什麼他會在這裡。

「啊，不……抱、歉。」

瀨戶山同學不知所措地別開眼，愛理不理地拋下「就這樣」後轉身，慌忙逃離般地朝教職員辦公室方向離開。

「啊～～找到了，瀨戶！」

當我大腦當機茫然呆站原地時，背後傳來其他男生的聲音。瀨戶山同學和我同時轉過頭，那男生似乎正好從走廊盡頭的樓梯走下來，跑到瀨戶山同學身邊。經過我身邊時他和我稍微對上眼，我記得他是之前在鞋櫃那兒和瀨戶山同學在一起的男生。

「我到處找你耶，你幹嘛去了啊……喂，你幹嘛臉紅啊？」

「沒、沒什麼啦。幹嘛啦，煩死了。」

「啊？什麼？你幹嘛那麼慌張？發生什麼事了啦。」

他朋友嘻嘻哈哈地嘲笑他，但因為笑得太誇張了，瀨戶山同學煩人地揮開他。

我直盯著他們的背影，瀨戶山同學突然轉過頭來，這突發狀況嚇得我身體一顫，接著看見他的臉，心臟跟著用力跳了一下。

他的臉，紅得如夕陽。

就連站得稍遠的我也能清楚看見，雖然用手遮住臉，但他連耳朵都紅透了，根本無法完全遮掩。

他立刻轉身朝前方走去，我的視線無法從他的背影移開，原來他也會臉紅成那樣啊。

這種出其不意也該有個限度啊。

我的臉也開始發熱，雙手貼上臉頰。為什麼會變得那麼紅啊？那張臉是怎樣？為什麼會露出那種表情？

因為看見他令人意外的一面，讓我心中有點苦澀。

不可思議的心情不斷膨脹壓迫胸口，心臟像被握緊般，但我完全沒有討厭的感覺。

現在，瀨戶山同學臉上有怎樣的表情呢？

看著他離去的背影，我心想，真希望他可以再回頭一次。

……但是，他為什麼會出現在這裡？

我這樣想著，看了一眼門前的意見箱。「該不會？」我拿起意見箱搖一搖，箱子傳出有東西的沙沙聲。

我之前從意見箱拿出瀨戶山同學的信時沒其他東西，也不太可能是這幾天有誰放了什麼。我打開箱子背蓋，拿出裡面的紙張。

那是摺得小小的活頁紙。

我邊自問為什麼會心跳加速，慢慢打開。

對不起，我太冒失了
不，那也是我的真心話！
至少從朋友做起也好
因為不了解而拒絕我
這理由讓我沒辦法放棄
希望妳能了解我

「這什麼啊？」

我忍不住大聲驚呼，還想著他為什麼會出現在這裡，果然是來放信的。剛剛上課時已經拿到他的回信了，沒想到他會接連回信，而且還特地在中午來放信。大概相當焦急吧，文字也很潦草。

紅透的臉和這封信。兩件事重疊後，讓我心頭騷動，臉頰也不自覺露出笑容。

替自己圓場的「太冒失了」和無比真誠的「真心話」。

急忙寫下的文字與傳達出他拚命感的這段話，讓我對他稍有改觀。

我確實不了解他，不想了解，也沒想過要了解。但是……

「我沒辦法放棄」

好直率。全部。被告白會明白拒絕，當自己喜歡上時直線前進。他應該是順從自己心情行動的人吧。

總覺得，好可愛喔。

「從朋友做起也好」

「朋友」是指怎樣的關係啊？我雖然會和男生說話，但沒有能稱得上朋友的人，所以想像不太出來。是和女生一樣，交換聯絡方法後聊些無關緊要的內容，在學校碰見時互相打招呼，站著聊天之類的嗎？我把平常和江里乃、優子做的事情套用在瀨戶山同學身上想像後，立刻覺得根本辦不到。在大家面前要好好地聊天，就和交往沒兩樣啊。這樣絕對會傳出奇怪的謠言，而且我也不知道該和他說什麼。

當朋友也有難度耶。

但是，我對瀨戶山同學……稍微產生了一點興趣。我想要多看一些我不知道的一面，我想要——了解他。

從口袋中拿出自己剛剛寫的回信，打開。寫著「對不起」的回應，只要把這個交給他，大概就會斷絕和他的往來吧，再也沒有機會了解他。

「結果……這也能算是隨波逐流了吧。」

也想過揉成一團丟掉，但如此一來，瀨戶山同學的信也會變成垃圾。

我看著活頁紙一段時間後，把自己寫上回應的部分撕掉。

只留下瀨戶山同學的文字，工整地摺好放回口袋中。

那請讓我們從朋友開始做起。

但我不太喜歡傳出謠言

所以現在還別碰面說話，

可以只寫信嗎？

我接下來

也會把回信放進鞋櫃裡

我有一點好奇

你知道我的名字嗎？

我隔天也一大早到學校，偷偷把回信放進瀨戶山同學的鞋櫃裡。

原本想要用昨天的活頁紙接續寫下去，但感覺寫在撕一半的紙上很失禮，最後還是用信紙，淡粉色的信紙，彷彿我現在的心情。

從一早開始，我的胸口無比嘈雜。

又不是交往，只是普通朋友，而且還是僅限書信的朋友。

雖然想著提出那種條件會不會讓他不開心，但這是我現在竭盡全力最真實的心情，不管怎樣都不能拿掉。我也不知道光靠書信往來能否了解他，但比起就這樣結束要來得好。

不想受到旁人關注也是原因之一，如果被身邊的人調侃，我可能會在了解瀨戶山同學前先逃跑。只靠書信往來，我才能不緊張地慢慢思考回覆。

想要一點一滴，慢慢地，不需要在意身邊目光地去了解他。

如果瀨戶山同學不願意，那也沒有辦法。

我能聽見自己心臟「噗通噗通」跳不停的聲音。

瀨戶山同學會怎樣回應那封信呢？會以疑問句作結，想著就算他不開心，也會回信給我吧。

不管什麼反應都好，希望能得到他的回應。

瀨戶山同學當天就回信了。

放學後的意見箱裡，有一本比手掌還小的全新筆記本。他大概特地選了可以投進意見箱口的大小吧。我曾看過這種筆記本，應該是他今天剛到學校合作社買的。

翻過頁面，瀨戶山同學的字出現在第一頁上。

我明白了！

今後請多多指教

我當然知道妳的名字啊（笑

松本　江里乃，對吧？

黃色的・謊言

不知所措的回應

妳看到之前的筆記本了嗎？

希望妳能給我回信

週三選修課時，我發現了瀨戶山同學用筆記本撕下來的紙張所寫給我的紙條。

看見紙條的瞬間，約莫持續煩惱一週的問題重重壓在我背上。

是啊，我看見了啊。當天我毫無差錯地收下筆記本，也確認過內容了。所以才無法回信。

瀨戶山同學當然不知道這種事情。他大概認為我視而不見，或是沒發現筆記本。

「松本　江里乃，對吧？」

我不是江里乃。時至此時，該怎麼告訴他才好？

都已經回信「那請讓我們從朋友開始做起」了，沒想到竟然是「搞錯人」，這再怎樣也說不出口啊。雖然如此，我更做不到裝作若無其事地繼續和他書信往來啊。

為什麼會變成這樣啊？

瀨戶山同學的信，打一開始就沒寫上收信人的名字。當時問出口就好了。要是有好好確認「這是給我的信嗎？」就不會出現這種狀況。我為什麼會不抱任何疑問地和他書信往來下去啊？

現在回想起來，第一次收到信那天，他在鞋櫃旁想找我說話，大概是因為我是江里乃的朋友吧。只要注意江里乃，知道我總是和她在一起也不奇怪。那時的瀨戶山同學，肯定只是想找我問江里乃的事情而已。在廣播室前撞上時臉會紅成那樣，也只是因為以為信的事情被發現了吧。

「糟透了……」

我用著誰也聽不見的音量小聲嘀咕。

鐘聲嚇得我抬起頭來，老師說著「那今天就上到這邊」後放下粉筆，回過神時，今天這一小時的課也結束了。自從收下筆記本後，我根本無法專心上任何一堂課。

「妳最近是怎麼了啊？」

低頭唉聲嘆氣時，江里乃一臉擔心地問我。煩惱過頭讓我身體沉重，但我根本不可能把這種事說出口。

「大概是有點睡眠不足吧。」

我說完後回以假笑。

在那之後，我沒辦法直視江里乃的臉，那會讓我想起瀨戶山同學筆記本的事情，不小心就會別過臉去。

站起身準備走出教室朝廣播室前進的途中停下腳步，我偷偷轉過頭。江里乃坐在我剛剛的座位上，替我收拾東西。

……我為什麼會那麼笨啊？

時間要是能倒轉就好了，我邊想邊逃避現實地在廣播室裡吃中餐。現在和江里乃待在一起只會讓我的心情越來越沉重，所以在廣播室中不必在意任何人的時光就很輕鬆。想著「要是稍微能把這種憂鬱心情吹跑就好了」，因此今天播放著比平常更加激烈的搖滾樂。

拿出今天收到的紙條，以及還只有瀨戶山同學寫上文字的小筆記本，我盯著它們看。

「我明白了！　今後請多多指教」

他寫下這段回信時，是不是很開心，是不是很高興啊。明明是我單方面提出要求的回應，他卻接納了。大概就是如此喜歡吧，如此喜歡江里乃。

如果是江里乃那我就能理解，沒有任何疑問。話說回來，我打一開始就覺得奇怪，那個瀨戶山同學怎麼可能喜歡上我啊。

雖然我不知道瀨戶山同學喜歡上江里乃的契機是什麼，但我隱約知道他會留下那張縐巴巴情書的理由。選修課結束後，江里乃會到我的座位上幫我收拾東西拿回教室。瀨戶山同學大概是回教室時看見這一幕吧，因為我有廣播委員的工作，上完課會第一個離開教室，所以從沒和瀨戶山同學擦身而過。看見上完課的樣子，任誰都會以為坐那個座位的人是江里乃。

「該怎麼辦啦……」

我趴在桌子上嘟囔。

早知道會變成這樣，對那封信視而不見就好了。第一次收到情書讓我有點得意忘形了。一想到那個表情和態度是對我展現的，讓我好開心。實際上現在雖然對自己誤解以及讓他誤解的事情煩惱，心裡也相當失落。

「我真的好糟糕……」

這一週來，我都想著同一件事。

每天好幾次下定決心「但也不可以一直逃避」，拿起筆準備要回信，卻沒辦法下筆。

過了一段時間，我啪的一聲闔上筆記本。肯定是因為想寫在筆記本上才下不了筆，「我」不能在瀨戶山同學為了要和江里乃書信往來而準備的筆記本上寫字。

那麼該怎麼辦才好？我拿起今天收到的紙條，慢慢在上面寫上回應。

對不起，我誤會了。

我不是江里乃。

這本筆記本還給你。真的很對不起

胸口好痛。陣陣刺痛讓我好想哭。

把紙條夾進全新的筆記本中闔上。

「對不起。」

他明明聽不到，我還是小聲道歉。看見這個，瀨戶山同學是不是會非常失望呢？

我再次在心中說著「對不起」道歉。

收好便當，我比平常更早結束午間廣播。把鑰匙還回教職員辦公室後確認時間，到第五堂課前還有一點時間。

我立刻朝鞋櫃走去。已經讓他等一週了，早點回信比較好。他今天會把這封信留在桌子裡，肯定是迫不及待想收到回信吧。更重要的是，我自己也不能再逃避下去了，時間拖越久會越說不出口。

我抿緊雙唇，把筆記本緊緊抱在胸前避免被人看見，快步走過走廊。

因為還是午休時間，走廊上有幾個學生，但鞋櫃附近應該沒有太多人。操場上的人還不會這麼早回來，現在也沒有人要到操場去，要是時機抓好，應該可以把東西順利放進鞋櫃裡。

確認沒有旁人後，躡手躡腳地偷看自然組學生的鞋櫃，希望沒有人……我的祈禱漂亮地遭到擊碎了。

有人影。而且還不是普通人。站在我的目的地前的人物。

為什麼！為什麼會在這裡！

瀨戶山同學看向自己鞋櫃的身影，讓我不只心臟，彷彿所有臟器都要從口中跳出來了。我瞬時躲進陰影裡，心臟劇烈跳動，讓我以為心跳聲都要傳遍整個鞋櫃區了。「怦、怦、怦、怦」耳朵旁傳來至今未曾聽過的自己的心跳聲。

為什麼，為什麼現在，瀨戶山同學會出現在這邊。也太不湊巧了吧。

為了以防萬一，我把筆記本塞進便當袋裡。再怎樣，我也沒有勇氣對本人說：「之前和你書信往來的人是我。」想到他可能痛罵我一頓，我就覺得恐怖，要是他很失望我也不知該如何應對。

總、總之，只能先離開了。真的很不好意思。

雖然很心痛，但我只是個隨波逐流，不敢說出自己意見的膽小鬼，這個現狀對我來說難度太高了。這樣想著打算轉身離去時，背後傳來「啊」的一聲像是喊住我，我忍不住停下腳步，靜靜轉過頭，瀨戶山同學果然就在那邊。

「妳……那個……」

「有、有什麼事情、嗎？」

他的呼喊讓我喉頭一縮，聲音忍不住顫抖。這麼說來，這是我第一次和瀨戶山同學說話。

瀨戶山同學有點猶豫，重複著「啊……」、「那個……」，不知道他會說什麼，我好慌張。當我僵硬地等待他說話時，他問出了意義不明的「妳好嗎？」

……那個？

「很好……」

雖然不怎麼好，但總之先隨便回應，結果露出尷尬表情的瀨戶山同學又開始重複

「啊……」、「那個……」。

離奇的提問和浪費時間的空白，讓我冷靜了幾分。他的表情因為尷尬變得陰沉，接著彷彿下定決心般變得認真，不斷變化。大概有話想對我說吧，他正煩惱著該怎麼開口、該怎麼說。

這個人真的好老實啊。

前陣子滿臉通紅的表情也是，又想起他朋友說「中午之後突然沒精神」，他還真是個心情全寫在臉上，非常好懂的人呢。

「那個，妳朋友呢？那個、就是、學生會的……」

「……什、麼？」

嚇得肩膀抖了一下，我沒辦法掩飾自己的不平靜，接著換我不停重複「啊……」、「那個……」。

「你是指……江里乃，對吧？」

「啊，嗯，對、對！就那個！那個信之類的。」

因為我知道信的事情，所以知道他在說什麼，但如果不知道，突然聽到他這麼說，應該會一頭霧水吧。

「什、麼……」

總、總之……現在該怎麼回才好呢？是該當成知道這件事才好呢？還是該裝作不知情？

「啊，但是……沒事、那個，我有點在意她……沒收到回信，啊，不是啦！」

在我不知該說什麼時，瀨戶山同學先慌張了起來。大概是想起不能提及書信的事吧，雖然沒和他約好要保密，只不過他不只完全沒糊弄過去，甚至可說是自掘墳墓了。

拚命的身影。他就是如此在意回信吧。

要是告訴他「這是場誤會」，他會露出怎樣的表情呢？

焦急的他，臉紅的他，無比在意、迫不及待想看見回信而坐立不安的他，要是我揭穿真相，這些表情或許將全部消失，變成一張痛苦扭曲的臉孔。

一想到這，就讓我胸口無比疼痛。

我希望他常保笑容，希望他開心。他是如此直率，所以比起受傷的表情，我更希望他露出笑容。笑容肯定更加適合他。

我知道，現在不好好解釋清楚是個錯誤，但是……

對不起、對不起。

我在心中道歉好幾次。

「江里乃現在似乎很忙……大概過一陣子就會回信了吧。」

「……這、這樣啊，哎呀，這個……這樣啊……太好了～～」

我顫抖著聲音朝他微微一笑，他立刻露出花朵盛開般的燦爛笑容。連我也知道自己的笑容有多不自然，但他根本沒發現。

「那，那個，不好意思了。」

瀨戶山同學剛剛還那般焦急、張皇失措，現在卻對我露出非常開心的笑容轉身離去，開朗到感覺他隨時會開始哼歌。對自己老實的人，或許也不會發現他人的謊言吧，或許根本沒想到人會說謊。直到看不見瀨戶山同學腳步輕盈離去的身影為止，我這樣想著。

我拿出偷偷藏起來的筆記本嘆了一口氣，只能放棄說實話了。

「……原來我這個人，竟然這麼笨啊……」

他大概很快就會忘掉現在和我說過話，因為他滿腦子都是江里乃。他肯定也不知道我的名字，只知道我是「在江里乃身邊的女人」，雖然在我眼前看著我的眼睛說話，但他根本沒有看見我。

那明明是理所當然的事，我的胸口卻陣陣作痛。

總之先思考現狀。接下來該怎麼辦，還有該怎麼回信，現在得好好思考這些事情才行。

對不起

我找不到時機把信給你

昨天回家後，我拚命思考該怎麼回信。如果是江里乃，會怎麼寫呢？肯定會毫不隱瞞地回答對方的問題吧，但我也只知道這點，結果變成了有點冷漠的內容。而且說起來，這之前的回信一點也不像江里乃會寫的東西。幸好瀨戶山同學沒有發現。

一大早到學校把筆記本放進瀨戶山同學鞋櫃裡時，也沒先前那麼緊張了。單純因為習慣了嗎？還是因為真正的對象不是自己呢？我也搞不太清楚。

「明明知道這種謊言不可能一直說下去的啊……」

「砰」的一聲關上他的鞋櫃，我獨自呢喃。

沒錯，根本不可能持續，總有一天會曝光。在已知結果的狀況下還說謊，已經沒有退路了。但我也作出了「既然決定要繼續說謊，就得要盡己所能」的結論。

這是自作自受，不能無止盡躊躇不定下去。千萬不能讓瀨戶山同學對交換日記裡的江里乃失望，然後不喜歡她。就算實際上是我假裝，對他來說就是江里乃本人。

然後，如果江里乃也能喜歡上瀨戶山同學就好了。如此一來，我就能說出實話，真的是很狡猾的想法。

瀨戶山同學或許會因為被欺騙而受傷，也可能生氣。我被罵是理所當然的，被討厭也沒有辦法。因為，我知道自己正在做如此過分的事情。

但是，只要他和江里乃順利……比起現在和他坦白，他受到的傷害會更小。

只不過該怎樣才能「讓江里乃喜歡上瀨戶山同學」呢？我突然向江里乃推銷瀨戶山同學也很奇怪，而且我也不了解他，不知道該說什麼，再加上江里乃以為我喜歡瀨戶山同學。

該怎麼辦才好呢？這件事難度相當高耶。

我「嗯～」地絞盡腦汁思考，決定總之先做現在能做的事情。首先，假扮江里乃繼續和瀨戶山同學書信往來，不對，是交換日記。要注意不能變得太要好，也不能被討厭。接下來就是要盡早解開江里乃的誤會，然後祈禱江里乃這段期間別交男朋友。

啊～～太好了！

話說回來，
妳是怎麼收到這本筆記本的啊？

廣播委員的朋友會幫我拿
因為學生會成員的我跑去偷看意見箱
會被覺得奇怪啊（笑
聽說除了她以外沒有人會去看意見箱

昨天把筆記本還回去後，當天就收到瀨戶山同學的回覆。我今天早上又把交換日記還回去，瀨戶山同學肯定已經寫好回覆投進意見箱中了吧。

吃完午餐後，去偷看一下廣播室的意見箱吧。我和優子、江里乃還有其他朋友一起併起桌子吃中餐時，便呆呆想著這些事情。就算被瀨戶山同學看見我拿交換日記，我也能拿自己是江里乃的朋友當藉口。

他再來會回什麼呢？明明不是和「我」交換日記，但光想像他用怎樣的表情、感受怎樣的事情寫下文字回信給我，就讓我靜不下來。

「希美，妳有在聽嗎？」

「什麼？啊、對不起。」

突然聽到喊我名字的聲音讓我回過神來，優子鼓脹起雙頰喊著：「真是的～～」

「對不起對不起，什麼事？」

「聯誼，妳沒忘吧？可以去吧？」

「啊啊，嗯，下週二對吧，沒問題喔，大家都要去嗎？」

如果只有我和優子，二對二會讓我很緊張，所以問了旁邊的朋友，兩個朋友都回答：「我會去喔～～」優子在那之後也有邀江里乃，但她乾脆地拒絕了。

包含優子在內的三人開心地討論著「要去哪？」「要穿什麼？」，問優子好幾次有哪些男生會來，但優子光會吊人胃口地說「敬請期待」。

說不在意有誰來是假的，但總之希望能有個快樂的一天。

「江里乃為什麼不去？」

「和不認識的男生出去玩太麻煩了，我不喜歡。」

看著江里乃在雀躍的大家面前明白表示，讓我不知該如何反應，好險大家並不怎麼在意。但我也不覺得「為什麼要說出這種話啊」，只覺得她果然厲害。之所以崇拜，大概因為我心中和她有相同的想法吧。

「啊，我想到我今天要去幫忙搬東西。」

江里乃突然想到這件事抬起頭來，確認時鐘後慌慌張張地起身。

「什麼？學生會的嗎？」

「對對，老師似乎幫我們印了資料，我得幫忙搬到學生會室去。哎，有人能幫幫我嗎？」

「可是～～學生會室好遠，午休時間也快結束了耶～～」

優子等人面面相覷，吞吞吐吐拒絕。確實，現在去教職員室搬東西到學生會室，午休時間就幾乎結束了，大家都想要悠閒地度過剩下的時間吧。

「我幫妳吧？」

我一問，江里乃立刻露出燦爛的笑容說：「幫大忙了～～」雖然想去拿交換日記，但還是等放學後再去吧。

「真是的，優子她們太老實了啦～～」

「啊哈哈，但我可能是第一次去學生會室耶。」

「是嗎？但在那種地方，不是學生會的確實不會去。」

我邊開朗安撫嘟著嘴的江里乃，邊朝教職員辦公室走去。進去和老師打過招呼後，老師指著腳邊兩個紙箱說：「好，就麻煩妳們啦。」老師輕而易舉地抱起紙箱，但我一接下立刻往前傾，也太重了吧。

「……好重……」

「真的好重喔，希美妳還好嗎？」

江里乃大概很習慣了，迅速地往前走。搬運沉重物品對她來說似乎是家常便飯，對她來說肯定也很重，但她卻笑著說有支撐重物的小技巧。

我拚命跟上邊說邊走的江里乃，但因為東西太重讓我根本沒餘力說話，也快喘不過氣了。這挺耗體力的耶。學生會室在哪啊？好想快點放下來。在我這樣想時，江里乃往穿廊走去，前方只有自然組教室大樓。

「學生會室在自然組大樓裡嗎？」

「對啊，在那邊的三樓。」

「三樓」這個詞讓我暈眩，要抱著這些東西上三樓？為什麼教職員辦公室在一樓啊？為什麼沒有電梯啊？

我搖搖晃晃地走進自然組大樓，走上樓梯。連二樓都還沒有到，我已經氣喘吁吁、腳步不穩了。但即使如此，我還是努力邁步往學生會室前進。

就在我拚命爬樓梯時，頭上傳來一個聲音。

「……要、幫忙嗎？」

「什麼？」

在腦袋無法運轉中抬起頭，瀨戶山同學正好從二樓和三樓之間探出頭來。

瀨戶山同學為什麼會在這種時候出現啊？時機差到我都要哭了，東西也好重。

當然，他是在問江里乃而不是我。像是在窺探對方的反應，一點也不像瀨戶山同學會有的態度，大概是因為我寫「現在只書信往來」。

怎麼辦、怎麼辦。啊啊，感覺自從收到那封信後，我每天都在煩惱著「怎麼辦」。啊啊，怎麼辦啦。一想到瀨戶山同學可能不小心把信的事情說出來，我就一張臉都白了。

總之現在得蒙混過去才行，我偷偷看了江里乃一眼。江里乃抬頭看向瀨戶山同學，似乎不理解意思地歪過頭。

「啊，因為看起來很重……」

「咦？啊啊，沒問題，謝謝你啊。」

江里乃爽快地回應讓我的胃陣陣作痛。

江里乃就這樣走上樓梯，毫不在意地經過瀨戶山同學身邊，而他則是啞口無言地呆站著。

「希美快點，慢吞吞的午休時間就要結束了喔。」

「啊、好、好啦！」

我偷偷轉動眼珠看向瀨戶山同學，然後追上江里乃。

對、對不起。面對江里乃完全把他當陌生人的態度，他肯定大受打擊吧。我在心中註記，得寫個讓他打起精神來的回信才行。接著再次在心中跪地磕頭道歉「對不起」，這不是江里乃的錯。

「剛剛那個。」

「什麼？」

抵達學生會室前都沒說話的江里乃，走進去把紙箱放到桌上後突然開口。我邊伸展疲憊的雙手邊轉過頭去，她又說：「大概是巧合吧。」

「什麼巧合？」

我聽不懂而回問，江里乃則尷尬地看著我。我很少見到江里乃露出這種表情。

「瀨戶山那個。」

「什麼？」

聽見瀨戶山同學的名字讓我忍不住用稍大的音量回問，但我立刻理解江里乃的意思了，小聲回以「啊啊」。

「妳還在誤會啊？真的沒有什麼啦。」

我「啊哈哈」地開朗回應，但江里乃還是沒笑。因為她以為我喜歡瀨戶山同學，看見他剛剛的態度而擔心我會怎麼想。

因為先前找不到機會講瀨戶山同學的事而沒開口，現在得好好解開誤會才行。

「真的嗎？」

「真的啦，真的。」

我邊笑邊說，但感覺有點不太舒服。

「那怎麼可能嘛。」

我努力開朗笑著，避免讓江里乃發現。自己總是這樣配合大家，隨便跟著笑。現在說出口的話也不是謊言，但為什麼會產生這種心情呢？

「他太受歡迎了，我才不會有那種想法咧～～感覺他高高在上的啊。如果我長得和妳一樣可愛，可能會有所不同吧。」

「才沒那回事。」

「而且我和他沒有交集啊，沒有理由喜歡上他。」

細小的針在我的胸口扎著，明明是講實話，但每說出口，我的胸口就陣陣作痛。

好奇怪，怎麼可能這樣啊。

放學後的突發狀況

果然是那樣啊
該不會能請她在午間廣播時
播放喜歡的歌曲吧？

週三可以喔

你想播什麼？

不管是J－POP還是西洋音樂都可以播喔

真的假的？

死亡金屬音樂也可以嗎？

妳知道嗎？其實午間廣播曾經播過一次死亡金屬耶。

其實我超級喜歡那首歌，聽到時超興奮

要是平常都能播那種歌就好了

咦？真的假的？

我也非常喜歡死亡金屬音樂

雖然無法對別人說

你說中午播過，那是兩個月左右前的歌曲？

那首歌超酷的呢

真的假的？感覺好意外

那之前會播那首歌

也是因為松本妳點播的啊

感覺大家對死亡金屬音樂沒什麼興趣不太能說出口

所以聽到那首歌時

知道學校裡也有其他喜歡死亡金屬的人，我超興奮呢

……出差錯了，我為什麼會這麼笨啊？

不過幾天就忘了要假裝江里乃，當自己回信了。

去拿回信後，立刻靠在人煙稀少的樓梯轉角牆壁上翻過交換日記的頁面，看見「松

本」的瞬間才回過神來。

仔細想想，我連要替江里乃那天在自然組大樓被瀨戶山同學喊住時表現出的態度圓場也忘了。

驚覺自己有多愚蠢而嘆氣，但從回應來看，好險他似乎沒有發現。而且如果是江里乃，感覺她也不會事後特地圓場。可以說結果一切安好吧。

但沒想到瀨戶山同學也喜歡死亡金屬。而且我之前播放的歌曲，還是在日本幾乎沒有知名度，是只有相當狂熱的人才知道的樂團。沒想到竟然會認識喜歡死亡金屬，而且還喜歡那個團體的人，真是太開心了。瀨戶山同學肯定也有相同的心情。光看文字感覺也能看見瀨戶山同學的笑容，我想他一定也很高興。和我因為相同事情，感受到相同喜悅。

我從來不知道，直率說出自己喜歡的事情竟然會感到如此滿足。

「啪」地闔上交換日記，藏進口袋後走回教室。我感覺嘴角止不住笑，還用手遮掩。

「啊，回來了～～希美！」

才剛走進教室，優子興奮的聲音大聲響起。大概因為心虛吧，我把手貼在收好筆記本的口袋旁，不禁往後退了一步。

「幹、幹嘛？」

「什麼幹嘛啦！妳去哪裡了？我還以為妳回家了耶！」
優子快步朝我接近，我又往後退了一步。
「怎麼可能，短班會時間還沒結束耶。」
「妳老是一轉眼就跑掉，我會擔心啊～～今天要聯誼耶，聯誼。」
我現在才想起來今天要聯誼。小心地不被優子發現，我邊說「別擔心啦」邊笑著。
優子特地做了各種安排，不表現出期待的樣子就太失禮了。
為了優子也要玩得開心才行。雖然不知道對方是些什麼人，但優子的朋友應該不會是壞人吧。

短班會結束後，我和優子等四人立刻走到車站，搭上朝奈良方向行駛的電車，在近鐵奈良站下車。車站附近的快餐店和家庭餐廳擠滿了學生，漢堡店正好有顧客離開，換我們進去坐下來。因為剛好也有點肚子餓，我們四個人合點了一份大薯，然後選各自喜歡的飲料。
在此，有人問出了大家應該都很好奇的問題：
「是約在這邊等嗎？妳不是說對方是同校男生？」
「對啊～～他們會晚一點到，所以我們約在車站前的家庭餐廳會合，但那邊人太多了啊。」

「啊～～原來如此。」

我聽著優子她們的對話想「原來是同校男生啊」，大家都同校還聯誼有種奇怪的感覺，我還以為是別校的男生呢。

「我也跟他們說在哪家店了，大概再過一小時就會來了吧。」

「同校，大家全部到齊要一小時……該不會是自然組的吧？」

「啊，猜到了啊？」

「……什麼！」

我含著吸管呆呆聽大家說話，但忍不住對「自然組」產生反應驚呼。發現店內好多人都朝我看時，我慌慌張張地遮住嘴巴。

「怎麼啦？希美。」

「那、個，對方是自然組的男生嗎？」

「我原本想要隱瞞啦，但其實就是如此。」

什麼，對、對方真的是自然組男生嗎？那不就……

「有誰、會來？」

「這是秘密～～敬請期待！」

優子咧嘴一笑，她再也不透露更多，說著「不知道比較好玩吧」，不斷拉升大家的期待。而我則是越來越不安。

瀨戶山同學……應該、不會來吧？

只要沒有他，不管是自然組還是什麼都好，是誰都無所謂。我只希望搞清楚他到底會不會來。

雖然自然組只有兩班，但八成以上是男生，就人數來說還不少，瀨戶山同學來參加的機率極低。而且瀨戶山同學喜歡江里乃，他應該不會在有喜歡的人的情況下來聯誼。

我不停在心中如此對自己說，咬著吸管度過這段時間。要是知道對方是自然組男生，我絕對不會參加。千萬拜託，拜託別是瀨戶山同學啊。不對，就算瀨戶山同學不會來，也可能是他的朋友來。雖然覺得沒有關係，但可以的話也希望別是他的朋友。因為不知道會發生什麼狀況，這些都是讓我不安的要素。

時間一分一秒流逝，讓我開始想回家了。但我當然做不出這種事，只是都快要把吸管前端咬爛了。就在大家興奮地討論「接下來要去哪裡？」或「告訴我誰會來啦～～」之中，只有我獨自沉默。

藉口說肚子痛回家好了……但要是這樣做，只會破壞大家的心情。但是、但是！

「啊，來了來了！」

優子這句話讓大家一起抬頭。

店門口有四個身穿同校制服的男生往我們這邊看，其中一個人朝優子輕輕揮手。

然後……他身邊站著的人，無庸置疑，那是瀨戶山同學。

從他一臉厭煩的表情可以看出，他不是自願來參加聯誼的，但不管理由為何，聯誼就是聯誼。他喜歡江里乃，還那般直言坦白自己的心情，真的不願意也能拒絕吧。但是，為什麼啊？

「喂、喂，那不是瀨戶山同學嘛，他是優子的朋友嗎？」

朋友對優子咬耳朵。

「怎麼可能，叫米田的那傢伙是我國中同學，我只知道其他是自然組的男生，我也嚇了一大跳。」

兩個人偷偷摸摸地小聲說著。

「我知道米田和瀨戶山同學很要好，但我沒想到會帶他來。而且啊，另外兩個人感覺也不錯耶？」

「說不定今天可以趁機和自然組的男生變成朋友耶～～」

優子似乎也不知道米田同學以外有哪些男生會來。

自然組和社會組就是這般幾乎沒有任何交集……明明是這樣啊，但是為什麼，自從收到情書後，我碰見瀨戶山同學的次數增加了。在這之前，明明根本沒說過話耶！

我們總之先走出了漢堡店。全員會合後，優子和其中一個男生開始說話，似乎在商量接下來要去哪。

我沒辦法加入興奮的朋友們的對話中，坐立不安的模樣顯得舉止可疑。我想著瀨戶山同學不知怎麼想的，偷偷抬起頭想窺探他的樣子，卻正好與他對上眼。

張口像是說著「啊」的瀨戶山同學，又依序看了女生群一圈。大概因為沒看見江里乃而失落吧，總感覺他很失望。

我在他腦袋裡似乎已經等於是江里乃的閨蜜了。

「那麼，我們也差不多該走了吧～～」

瀨戶山同學可能開口說話的狀況讓我繃緊神經，直到聽見優子爽朗的聲音後我才鬆了一口氣。

「要去哪？」

「卡拉ＯＫ～～！」

唱卡拉ＯＫ應該就能不說話了吧。雖然我不喜歡唱歌，但比大家和睦融融地吃飯要來得好。幾首流行歌曲我也唱得出來，可以靠這些撐過去。隨便唱幾首後，剩下時間就聽大家唱就好。

瀨戶山同學和男生交談的背影，透露出不耐煩的氛圍。我不禁想著，如果江里乃人在這兒，他又會怎樣表現？

步行幾分鐘後，我們走進一人一小時兩百八十日圓，附贈免費飲料的卡拉ＯＫ。服務生安排的房間有點小，八個人走進去後完全滿了。我原本打算最後進去，安靜地坐在角落就好，卻在優子「快點快點，快進去！」的催促下，坐在絕對無處可逃的正中央。

而且不知為何，還坐在瀨戶山同學旁邊，太多事情跟不上讓我腦袋大為混亂。看見朋友對我投射「真好～～」的眼神，我真想立刻和她換位子。

「總之，那麼我們要先做個自我介紹嗎？」

「啊～～不錯喔，那從我開始！我是米田！」

優子開口主持後，眼前的男生立刻舉手自我介紹。優子的國中同學應該就是他，他總是和瀨戶山同學在一起，大概相當要好吧。短髮、曬成小麥色的肌膚，給人開朗且平易近人、容易說話的印象。

「請叫我阿米。」

說完後，他不知為何驕傲挺胸。米田所以叫「阿米」，瀨戶山所以叫「瀨戶」，男生的綽號感覺真可愛，如果我是男生應該會被叫「小黑」嗎？開玩笑啦。

米田同學說完後，大家順時鐘依序自我介紹。

「那、個，我是黑田、希美。」

「什麼？黑田？廣播委員嗎？」

輪到我說名字後，坐邊邊的男生露出驚訝的表情。那是個資優生氛圍的男生，我心想「我認識他嗎？」但毫無印象，可是對方似乎認識我。

「你認識她？」

「沒啦，完全不認識。但是啊，那個老是放搖滾樂的午間廣播，主持人每次都是個叫黑田的女生啊。」

「啊～～那個老是播嚇死人歌曲的女生啊。」

優子也曾對我這樣說過，沒想到真的會有人因為音樂記住我的名字。而且竟然說是嚇死人的歌曲……

「那是妳自己喜歡嗎？」

「那、個……不是這樣……」

「似乎是有人點歌喔～～很勁爆對吧，我是不太懂啦，很受歡迎嗎？」

優子代替我回應，炒熱話題。我還以為說話的男生喜歡搖滾樂，但他也只是有印象而已，對我播放的歌曲咯咯發笑。

雖然習慣了，但喜歡的歌曲被嘲笑果然很傷人心。

「說有人點歌，是妳朋友點的吧？」

旁邊這句話讓我不禁回應「什麼？」瀨戶山同學彷彿重新確認般再問：「是妳朋友點的歌吧？」

「咦、啊、那個……這個。」

「聽說好像有意見箱之類的東西啦，是丟進那裡點歌的。」

「希美人太好了，都會幫忙播，所以每週都會來點歌。」

朋友代替支支吾吾的我說明，我也像找藉口般地嘟囔說：「嗯，就、就是這樣啦。」

雖然對大家如此說明的人是我，但我回想起和瀨戶山同學在交換日記中的對話，腦袋拚命思考現在到底該怎麼應對。在他心中，應該以為江里乃是個喜歡死亡金屬音樂的女生，還拜託身為廣播委員的朋友幫忙播歌。

也就是說，他肯定會認為優子等人口中「點歌的誰」是江里乃。他是怎麼解讀現在這個狀況的呢？肯定會認為江里乃遭到大家嘲笑吧。

這、這會讓他對我留下不好的印象，對吧。

我這麼想著，戰戰兢兢看向身邊，只見瀨戶山同學眉頭深鎖緊緊瞪著我，銳利的視線讓我瞬間冒汗。

「差、差不多該唱歌了吧？還是要吃東西？」

我慌慌張張拿起一旁的菜單問大家。「啊，我有點肚子餓了，可以吃點什麼嗎？」眼前的米田同學開朗回應。他的個性如此活潑，或許是大家的開心果。多虧如此扯離話題，大家開始談起最近流行電影的感想。

只不過，身邊的瀨戶山同學沒想要加入大家，我也因為他一直盯著我而沒辦法和大家說話。

總之，得努力撐過今天才行。

笑著看向接連唱歌的大家，當有人把點歌機給我，我就點首會唱的新歌，然後安安全全唱完。只要笑，就不會弄僵氣氛。正因為知道大家玩得很開心，所以我更要笑。

大家超乎想像地打成一片，狹小房間中笑聲不斷。就在大家又去拿飲料、又上洗手間地進出房間時，瀨戶山同學也離開了原本的座位。現在是別的女生坐在他旁邊，感覺他們聊得相當開心。

米田同學常常說笑話或是模仿什麼，而瀨戶山同學會邊笑邊吐槽他。偶爾他也會配合米田同學說笑話，炒熱大家的氣氛。就算對米田同學說話稍微過分或是抱怨他，那也會轉為大家的笑容。

感覺能理解瀨戶山同學為什麼有那麼多朋友了。

他對誰都是相同態度，看起來很自然，而且真的笑得很開心。表裡如一大概就是形容他這樣的人吧。

一看見他，就覺得只會傻笑的自己好愚蠢，感覺自己是個可有可無的存在。

我搖頭想甩掉自卑的想法，點歌機突然出現在我面前。

「接下來換希美唱吧～～」

「謝、謝謝妳，那點什麼好呢？已經沒什麼會唱的歌了耶。」

「妳少來了啦，中午播的歌之類的應該會唱吧？」

「不……那個、有點……」

米田同學連幾乎沒和他對話過的我也很親切地說話，但我真心希望他別提這個好不容易才轉移過一次的話題。

我敷衍笑著，視線偷偷飄向瀨戶山同學，他露出很不悅的表情。他果然在生氣，喜歡的女生遭否定的發言讓他不高興吧，得趕快打斷才行。

「那是英文啊，而且我也不會唱啦～～」

「那，那個咧？妳說矢野學長喜歡，所以在聽的那個。」

「啊……那個啊，我已經忘掉了。」

突然冒出學長的名字，讓我不知該說什麼才好。

這麼說來，確實有過這件事。我想起當時想著要是能讓對話熱絡起來，應該就能聊更多東西，所以就買了學長說喜歡的歌手的專輯來聽，也查了很多事情。但老實說，我沒有很喜歡，不過因為聽了很多遍，所以現在也還記得歌詞。

「矢野學長是妳男友？」

米田同學的眼睛立刻發出光芒，我真希望他可以忽視這點。

「不，那個，是之前的。」

我躊躇後回答。「哇塞，妳之前和學長交往啊」、「矢野是那個大我們一屆的嗎？」就連拿麥克風唱歌的男生也加入這個話題，讓我更害羞了。但不能表現在臉上，所以我只能隨便掛著笑容等待話題結束。早知道就該隨便點一首歌就好。

不知不覺中，話題從矢野學長轉為男女朋友、戀愛觀之類的東西。不管是怎樣討厭的話題，只要忍耐一下就會結束。停下一段時間後，大家又開始唱歌，優子開始唱偶像團體的可愛歌曲後，大家跟著一起跳舞。

「我去倒飲料喔。」

我拿起正好喝完的杯子，逃跑般地暫時離開。走出塞滿人的昏暗房間，深呼吸後再吐氣。不知是否是我多心，但我感覺那房間裡的氧氣稀薄。

大家都很不在意地說出之前交往對象的事情，像是曾發生什麼事、分手理由、吵架原因之類的。

這對我來說太困難了，把自己心中所想的事情說出口令人害臊，而且在當事者背後擅自提及對方也讓我很猶豫。

雖然只要和大家一樣當玩笑話邊說邊笑就好，但我嘴拙很可能會把氣氛搞僵，這讓我更說不出口。我不想要破壞難得的歡樂氣氛，一想到這裡，就讓我把話吞下肚子裡。

所以，和學長才會無法順利走下去吧。

「喂。」

倒好飲料朝地面重重嘆一口氣時，有人從背後喊我。一轉過頭，只見手插口袋的瀨戶山同學一臉不悅地站在那邊。

我嚇了一跳，玻璃杯中的果汁都灑出來了。

「妳啊。」

在我思考為什麼、為什麼之前，先聽見他冷淡的語調。不知是否多心，我感覺他的語氣中帶著輕蔑。

「妳啊，平常都是那種感覺嗎？」

在這之前，我看過好幾次瀨戶山同學的臉。在廣播室前差點撞上，在鞋櫃旁說話等等，但現在眼前他的這個表情，是我第一次見到。彷彿輕視我、瞧不起我的冷漠眼神。像要凍僵人的冰冷視線讓我的腦袋一片空白，「那種感覺」是什麼意思？為什麼突然對我這樣說？他是在生氣什麼？

數秒鐘的沉默似乎讓他更加不耐，感覺能聽見他無聲咂舌。

「那個啊，中午廣播點歌，那是松本點的吧？但妳為什麼要那樣不明白說出來啊？」

啊啊，果然是這件事啊。該怎麼說明才好呢？我的腦袋全速運轉卻擠不出一個字來。

「朋友喜歡的音樂被說成那樣，妳為什麼還能那樣嘿嘿傻笑？可能因為她本人瞞著大家所以妳不能說，但就算這樣，跟著大家一起笑也太奇怪了，妳們是朋友吧？」

他強硬的口氣像在責怪我，讓我越來越找不到話講。

「那……個……」

「而且，從剛剛開始，妳說出口的話全都只是含糊其詞吧。」

嚴厲的話直接落在我腦袋上，我的腦袋彷彿遭鈍器重擊，那股衝擊讓我差點落淚。不可以，不可以哭出來。因為正如他所說的啊。我反射性低下頭，咬緊牙根。

「不、不是那、樣……」

「看著我的眼睛說話吧，妳沒自己的意見嗎？」

我的肩膀一震。

我果然給人這種印象啊。我果然看起來像是配合著其他人隨便過生活的啊。我果然帶給對方不悅的感受。我有自覺，但也正因為如此，才會羨慕能把心中所想的話說出口的人；與之同時，也同樣感到恐怖、不擅交往，羨慕到讓自己感到可悲。對瀨戶山同學這種能老實說出心中話的人來說，肯定會覺得我這種個性很令人煩躁。

他說的話刺進我的心胸，好痛好苦澀，更讓我什麼話也說不出口，他絕對無法理解我這種心情吧。

但是我為什麼非得讓幾乎沒說過話的瀨戶山同學，對我說出這種話啊？我們幾乎是第一次見面耶，為什麼？

這是因為與江里乃有關係。因為我對江里乃喜歡的歌曲，只是配合著朋友一起訕笑，所以他才會對我生氣。

但實際上並非如此啊，那其實是我喜歡的歌曲，不是江里乃喜歡的歌曲。

「咦～～希美？瀨戶山同學也是，你們怎麼啦？」

開門出來的優子似乎發現了我和瀨戶山同學，突然大聲喊我們。我們兩人身體同時用力一震，轉過去看向優子。

「怎麼了嗎？」

優子歪著頭，她似乎沒有發現我們兩人之間的尷尬氣氛。

「呃，沒有，什麼事也沒有。那個、就、我問他洗手間在哪邊。」

「啊啊，洗手間在那邊啦，妳看。」

聽見我瞬間脫口而出的謊言，優子笑著手指走廊盡頭告訴我。

「真是的～～希美真的是路痴耶，我幫妳把果汁拿回去吧？」

「謝謝，那，瀨戶山同學也謝謝你。」

恭敬不如從命，我把玻璃杯交給優子，邊想著她沒發現真是太好了，匆匆對瀨戶山同學一鞠躬後立刻朝洗手間走去。瀨戶山同學現在用怎樣的表情看我？是不是想著「她又在隨便說說了」呢？

我緊緊抓住胸口衣服想壓抑心中揪痛，咬著牙走進洗手間。獨處的瞬間淚腺跟著放鬆，我緊緊閉上眼。優子在那時出現真是太好了，要是繼續和瀨戶山同學說下去，我可能就無法忍住眼淚了吧。

因為不能紅著眼回包廂，我反覆深呼吸逼回淚水。慢慢吸氣，再慢慢吐氣。

沒事，只是被他的出其不意嚇了一跳而已。不是因為瀨戶山同學那段話帶給我打擊，只是因為他說中了，只是因為這樣。就算他怎麼想「我」都無所謂，就算被他討厭也沒任何問題。假裝成江里乃的我，遲早都會被他討厭。因為比起迎合他人討好的笑容，我可是做出更加過分的事情。

雙手摀臉，重複好幾次深呼吸。然後好幾次、好幾次對自己說，告訴自己「至少，傷人的自己沒有那種資格」。

到目前為止看見的瀨戶山同學，是喜歡江里乃的瀨戶山同學。覺得可愛的表情、看似喜悅的笑容，都是心裡想著江里乃的瀨戶山同學。那和今天對我露出冷漠表情的他完全不同，我若因此而感到不甘心就太奇怪了。

因為，瀨戶山同學對我根本沒有任何想法啊。

回到包廂時，裡面仍充斥著歡樂笑聲。因為大聲播放歌曲，大家的音量也比平常大上兩倍，更讓人有這種感覺吧。

瀨戶山同學的身影闖進我的視線中，但我沒看他，直接在米田同學身邊坐下。

「要唱什麼嗎？想唱吵鬧的也行，抒情歌也行。」

「謝謝你。」

米田同學把點歌機交給我，我這次老實接下。上面有好幾首預約好的歌曲，我邊確認大家點了哪些，邊從流行歌中找出我會唱且沒有重複的歌曲。有好幾首大概會唱副歌，但沒有自信可以唱完整首歌。找優子和我一起唱好了。

當我抬起頭找優子時，有誰在我身邊坐下，沙發「噗吱」晃了一下。

「……喂。」

聽見身邊傳來瀨戶山同學的聲音，我的身體一僵。

他還有什麼話要說嗎？是還說不夠嗎？但是……

「什麼事？」

我裝作若無其事笑著抬起頭，他臉上掛著有點不知所措的表情。我不知道他想要說什麼，但不管他對我說什麼都沒有關係，只不過，在這裡延續剛剛的話題會讓大家擔心，難得大家現在這麼開心耶，我只想避免這件事發生。

「啊，你要唱歌嗎？給你。」

我盡量自然地，彷彿剛剛那段對話不存在一般地把點歌機交給他。接著避免和他繼續對話而和面前的朋友搭話，聊著待會要唱什麼，最近流行什麼歌曲。

瀨戶山同學一句話也沒說，不知何時從我身邊移動到其他位子去了。

「啊～～唱得好開心喔！」

不知不覺唱了四小時，天色已經完全暗了。從溫暖的室內走出室外，外面的氣溫比想像中還低。雖然還不需要穿大衣，但感覺再過幾週就要迎接冬天了。

「接下來要怎麼辦？」

大家似乎還不想就這樣結束。

「要不要吃個飯再回家？」

「啊～～好主意。」

「那個……那個啊……對不起，我要回家了。」

雖然覺得在大家氣氛熱烈時很不好意思，但我還是說出口了。時間將近八點，雖然沒有要事，也不會因為太晚回家被父母責罵，但繼續和瀨戶山同學相處下去只會繼續消磨我的神經。大家已經變得很要好了，就算少我一個人也無所謂吧。瀨戶山同學肯定也覺得我不在會更開心。

「欸～～希美要回家了嗎？」

不知道名字的男生親暱地喊我的名字，這讓我的笑容有點僵硬。

「我也要回家了。」

「什麼？瀨戶山同學也要回家了？」

女孩們發出遺憾的聲音。她們應該想和瀨戶山同學多相處一段時間吧？我還以為他會繼續和大家一起去玩，所以也嚇得抬起頭。

「啊～～對耶，已經這個時間了嘛～～」

「那，你們兩個人路上小心喔～～」

米田同學和其他男生爽快地揮手道別，大概是瀨戶山同學平常都會提早走吧。被男生們影響，女生們也依依不捨地朝我和瀨戶山同學揮手。

我們和大家道別後，總之先一起朝車站方向走去，但是該不會就要這樣和他一起回家吧。我們之間的奇怪氣氛，我到底可以忍受到什麼時候呢？雖然這樣說，但我們的目的地相同，也沒辦法中途分開。

沒想到竟然會和瀨戶山同學同時離開，他為什麼不和大家一起走啊？出乎意料之外，真是失算了。

想到他肯定也感到不自在，我不知道能不能與他並肩同行，總之就放慢腳步走在他後方一步遠的距離。

「妳幹嘛離這麼遠？」

「因、因為我、腿短、吧。」

看見他訝異地轉過頭來，我更加不知所措。他無奈地嘆了一口氣後，不知為何配合我的步行速度，又再次與我並肩。大概是要和我一起走到車站的意思吧，看來他雖然討厭我，但也沒辦法放著我不管。

我當然知道這並非表示他對我有好感，但我能感受到他的溫柔。之所以無法老實接受，是因為我心中有愧疚。

秋夜冷風「咻」地穿過不發一語的我們兩人之間。

車站感覺好近又好遠，我帶著不可思議的感覺走在他身邊。
「喂。」
「啊，是的！」
「我說得太過分了。」
聽到他的聲音，我立刻抬起頭，只見他看著前方輕輕說出這句話。事出突然，我搞不懂話中之意，因此呆滯無法反應。
瀨戶山同學輕輕搔頭又繼續說：
「因為阿米騙我只是要去玩卻帶我去聯誼，所以我有點煩躁。而且啊，替我們從意見箱拿筆記本的人是妳對吧？也就是說，那個，妳知道……我喜歡松本，對吧？」
「……嗯。」
「喜歡」這句話，不知為何讓我胸口抽痛。
「仔細想想，妳這樣幫我們，我還說那麼過分的話，真的很對不起。如果妳和松本是有意隱瞞，那就輪不到我責怪妳。」
從他稍微低頭的視線中感覺出他在反省，他這令人太意外的態度讓我忍不住停下腳步。
「我啊，常會不考慮地點想到什麼就說什麼。在那之後，妳對我笑了對吧？我那時腦袋冷靜下來，才想到根本不該在那裡說那種話，我覺得我真的太差勁了。」

瀨戶山同學抬起頭，似乎發現我停下腳步而轉過頭來說：

「對不起。」

又看見他另一個沒見過的表情，從正面直直看著人的認真眼神。完全感受不到先前看見的可愛與恐怖，但我沒辦法別開眼，總之只能小聲回應：「啊，嗯。」

對方這般直視著我說話，我仍然無法好好說出話來。但他對我露出柔柔的笑容，接著說了「那走吧」，又和我並肩往前走。他身邊的空間，上一秒還那般不自在，下一秒變得溫柔又溫暖。

「但是啊，妳是不是說不出自己的意見啊？」

「是、那樣嗎？」

因為他的語氣開朗，所以我也能毫不警戒地回答他的話。

「妳再多說點想說的話吧？妳會明明不想說話，卻配合著大家只是笑對吧？看妳那樣，我就會覺得很煩躁，真想叫妳『想抱怨就說啊』。」

直言不諱的一句話刺進我心中。

「但、但是，有些話不用說出來也沒關係、吧。」

「妳要是這樣說，只會被當成好利用的人耶。」

或許確實這樣，但一想到可能會破壞在場大家的笑容，我就沒辦法說出心裡的話。不想說。靜默不語比較好。當然啦，我也很羨慕瀨戶山同學和江里乃這樣什麼話都能說出口的人。
「話說回來，妳叫什麼名字？」
「……黑田、希美。」
我剛剛有自我介紹耶。
「黑田啊，所以說啊黑田，妳再多說一點自己的意見比較好喔，要不然會吃虧。松本的事情，似乎有什麼理由也就算了。」
「喔……」
「妳有沒有幹勁啊？」
什麼的幹勁啊？
當我盯著表情認真對我這樣說的瀨戶山同學時，忍不住「噗哈」噴笑出聲。明明聯誼時還被他那樣斥責耶，太不可思議了。他現在非常擔心我。直率，想到什麼立刻行動，雖然也有嚴厲的一面……但他或許是非常溫柔的人。
「我講的話沒有笑點吧。」
看著呵呵笑不停的我，瀨戶山同學有點不好意思地聳肩苦笑。
「如果妳討厭別人提起前男友的事情，那就拒絕啊。」
「嗯～～但是，大家好像聊得很開心嘛。」
「妳人真的太好，還是只是膽小鬼？四面討好那類的嗎？」

他說出口的話都很直接，雖然句句挖痛我的心，但從「如果討厭」、「會吃大虧」中可以感受他在為我著想。

他為什麼會這麼關心幾乎是第一次見面的我呢？是為了替聯誼時發生的事情贖罪嗎？或者是因為我是「江里乃的朋友」呢？即使如此，還是讓我感覺不壞，反而有點開心。剛剛明明還尷尬到想要從他身邊逃走呢，真是不可思議。

兩人邊走邊聊天，一下就走到車站了。

「妳家往哪邊？」

「那、那個，京都線，你呢？」

「我要往大阪難波方向，所以不同車，那我們就在這邊道別，路上小心喔。」

走過收票閘口，在下月台的樓梯前指著彼此回家的方向，說聲「再見」後轉身時，瀨戶山同學「啊」了一聲。

一轉過頭，他先說了一句「妳啊」後笑了。

看見他第一次朝我露出的溫暖笑容，「咚」一聲重擊我的心臟。

「要是有人向妳抱怨，我會替妳反擊回去，所以偶爾說說自己的意見啊。」

他往我走近一步，輕輕把手放在我的丸子頭上，感覺他的大掌輕輕包住我的丸子頭。理當感受不到的溫暖傳遍全身，我全身僵硬無法動彈，嘴巴大張，大概露出了一張呆臉吧。

「那麼，再見啦。」

他最後又再說一次再見後走下樓梯，我看著他的背影，不自覺撫觸他摸過的頭。

他直說喜歡江里乃，也說對我很生氣。但是向我道歉、替我擔心，然後……還對我笑。

讓我忍不住期待。忍不住想著，或許都是因為是「我」，他才會露出那份溫柔、那個笑容。

瀨戶山同學大概對任何人都是那種感覺吧。

沒錯，對任何人。肯定是如此。不可以有奇怪的期待。如果是對江里乃，他應該會更加、更加溫柔吧。

心跳比平常更快，我緊咬牙根想壓抑心跳。至今從未與男生有過這種互動，所以我的心情極度不平靜。

只要緊緊閉上眼，眼瞼內側就會浮現瀨戶山同學對「我」露出的笑容。日落後氣溫急速下降有點涼意，但不知為何，我卻感覺到從身體內側慢慢暖出來。

要失常了，拜託別這樣。

別再繼續和他有交集比較好，因為我……最終只是會被他討厭的騙子而已。

謊言大概是黃色吧

你真的很喜歡那首歌曲呢

我沒想到竟然有機會聊死亡金屬音樂

下次再請她播喔

謝謝啦～～

話說回來，我挺喜歡吃甜點的，

對站前新開的蛋糕店很好奇

妳有去過嗎？

聽說很貴是真的嗎？

我去過了喔～～真的很貴！

一片蛋糕就要超過六百日圓
但是很好吃！
女生絕對會喜歡！

我有個小四的妹妹
下次去買回家吧
我家還有養貓和狗
妳家有養寵物嗎？

原來你有妹妹啊
我有小我兩歲的妹妹和小我五歲的弟弟

妹妹在國中是管樂社的
我自己是不會樂器啦

你家有養貓也有養狗啊，真好。
我家是公寓不能養，所以真羨慕

原來妳不擅長音樂啊
妳喜歡音樂，我還以為妳很擅長耶

社團真不錯耶
我從小學就一直
是足球社的
現在也很想踢球就是了啦

感覺妳在學生會裡很忙碌呢

你很適合踢足球啊

這麼說來，聽說你運動神經很好

我運動方面就……平平吧

學生會看時期啦

應該沒辦法加入社團

但是在期末考結束前應該很閒

期末考啊……我還不想面對啊
雖然我數理還可以，但英文真的不行

我是日本人耶
根本不需要會英文吧

妳擅長哪個科目啊？

我每一科都差不多吧

但比起數理

感覺還是比較擅長史地吧

大概只剩兩週就要考試了

一起加油吧

幾次書信往來後，我逐漸了解過去所不知道的瀨戶山同學。有哪些家人，擅長哪些科目。知道他喜歡踢足球，也知道他很疼妹妹。但不只這些，還知道他對喜歡的人很貼心，會適時找話題。他這份想了解對方而開口問許多問題的直率，以及提及很多自己的事情讓對方能了解自己。

越了解我所不知道的他，對他的印象也越不同。我原本以為他是言行舉止更自由、更隨心所欲的人。說難聽一點，就是會強迫對方接受自己的人。但並非如此，他是會好好面對人，和人說話的人。

在筆記本上說話，我會搞不清楚自己的回答到底是「我」說出口的話，還是假裝江里乃說出口的話。因為我知道，我很期待他的回信，讀了之後心情會變得很好，寫回信時自己也很開心。

再加上……

「唷，黑田。」

「……你好。」

「哈哈，那什麼反應，妳還真見外耶。」

放學後，廣播委員的會議開完走到鞋櫃那裡時，剛好遇見正要回家的瀨戶山同學。難得見他單獨一人，他說今天米田同學一群人要出去玩，所以他要自己回家。

自從在聯誼中聊天後，瀨戶山同學每次見到我都會和我打招呼。

早上上學時也開始注意到彼此，最近每天早上都會說「早安」，在學校擦身而過時也會舉手對我說「唷」。

「妳現在才回家？今天還真晚耶，社會組不是很早下課嗎？」

「嗯，因為委員會要開會。」

「機會難得，我們一起回去吧。」

一起？是一起從學校走到車站嗎？要並肩一起離開學校？

看見我無言呆愣，瀨戶山同學有點不滿地表示「妳不願意啊」。

「不、不是那樣啦，但是。」

我慌慌張張否認，當然不是不願意，只不過和他一起走路相當醒目，這讓我很猶豫。只是變得會打招呼而已，朋友們已經很不可思議地說「你們什麼時候變那麼要好啊」，要是一起回家應該會更引人關注，肯定會有人產生奇怪的誤會。

瀨戶山同學大概不在意這類的事情吧。雖然他喜歡江里乃，但就算和我傳出奇怪的謠言也不會在意吧。他大概不怎麼在意周遭目光，他或許完全無法理解我的心中糾葛。

「那我們走吧。」

「……那個，瀨戶山同學。」

他大概把我的「不是那樣」解讀成要一起回去，便腳步飛快地往外走去，我慌慌張張追上去喊他。

「咦？瀨戶。」

當他因為我的呼喊轉過頭時，聽見有女生喊他的名字，我也跟著一起轉頭。女生從鞋櫃後面探出頭來，偏紅的茶色頭髮長度及胸，帶著鬆軟的捲度。那是一位五官立體的漂亮女生。

「果然是瀨戶～～你現在要回家了嗎？」

「嗯～～」

會用「瀨戶」這親密的綽號喊他，大概是自然組的女生吧。

「我們一起走到車站吧。」

大概是我們兩人有一段距離，女生彷彿沒看見我，從我身旁經過走到瀨戶山同學身邊，非常地自然。

看見他們兩人並肩而站的背影，黑點般的東西滴落我的心中，慢慢擴大。這是什麼感覺啊。

「啊～～不行，我要和黑田一起回去。」

就在我看著兩人相襯的背影想著「他們兩個人應該會一起走吧」時，卻從他口中聽見自己的名字。

「黑田是誰啊？」

女生沒聽過這個名字而歪頭，瀨戶山同學則轉過頭指著我，女生也朝我看過來，果然還是一張「誰啊？」的表情。

「咦、啊，我沒有關係。」

我揮揮手表示自己不在意後，他露出訝異的表情。

「為什麼？」

就算他問「為什麼」，與其和只是點頭之交的我一起走，和朋友一起走肯定比較開心。而且和我聊天也不有趣啊。

「什麼？女朋友嗎？什麼時候交的啊？」

「不是，只是朋友啦。剛剛碰到就說要一起回去，所以對不起啦，黑田快點啦。」

「咦？啊，是的。」

瀨戶山同學笑著說「是的是怎樣啦」就邁開腳步，我也對自己忍不住回應的言行嚇了一跳。

「這樣啊，那再見囉～～」

「再見啦～～明天見。」

我偷偷往後看，感覺那女生似乎有點失望。她或許喜歡瀨戶山同學吧，瀨戶山同學沒有發現嗎？

「沒問題嗎……？」

「什麼？」

「你不用在意我，剛剛可以和朋友一起走啊……」

「我先說要和妳一起走的，當然要和妳一起走啊。」

我不是這個意思，但就算說了他也不懂吧，所以決定閉嘴。而且啊，我也有一點開心，不知該怎麼說……

「什麼？還想說什麼就說吧？」

「……沒什麼。」

「黑田，妳真的很不乾脆耶，我對妳這點真的很受不了。」

什麼受不了嘛，不用在當事人面前說出來吧。

如此對話後，讓我再次確認瀨戶山同學果然是很老實的人。不行就是不行、討厭就是討厭，他會毫不掩飾地直接說出口。雖然很失禮，但與其說老實，說他愚直或許更貼切。像是他想要圓場卻完全沒做到，或是完全沒惡意這些。

對瀨戶山同學來說，沒有自我意志，只會說出含糊回應，輕飄飄如隨風飄移雲朵的我，應該讓他感到很煩躁吧。實際上他也直接對我說過很多次。

但是，他為什麼還是來找我說話呢？這讓我感到相當不可思議。雖然直接對我說「受不了」、「很煩躁」，卻也沒有避開我的意思。

如果我直接問他「為什麼」，他應該會老實告訴我答案吧，但我沒問出口，就這樣抱著疑問繼續和他對話。

老實說，我大概隱隱約約知道答案。因為我是江里乃的朋友，僅此而已。

走出校門朝車站前進，操場就在我們的右手邊，可以清楚聽見社團活動的聲音。

「啊～～真好。」

瀨戶山同學邊看著操場上奔跑的學生邊低聲輕喃，與之同時，近在身邊的足球門網因球晃動，似乎是足球社的誰射門得分了。操場那頭，棒球社的學生追逐高高飛起的球。好像也看見哪個社團的學生正在慢跑。

「哪個？足球？」

「對，我之前是足球社的，雖然這樣說，但進高中後也沒踢到兩個月。」

這麼說來，前陣子體育課上足球時，我記得瀨戶山同學球踢得很棒。他在交換日記上也有寫到，但上面只有寫他從國小開始踢球，我不知道他高中也曾加入足球社。

會說「真好」就表示他很想要踢球吧，感覺似乎不是討厭足球了，那為什麼要退社啊？而且還不到兩個月。

看著瀨戶山同學一臉欣羨地看著操場，感覺是不能問出口的問題，所以我只說了「這樣啊」。

「……黑田妳啊，對別人沒興趣嗎？所以才會老是回應那種無心的回答嗎？」

「咦？為什麼這樣說？沒這回事喔。」

「一般來說會問我為什麼要退社吧？但妳沒多問啊。」

看見他忍不住噗哧笑出聲，似乎是我想太多，這邊好像要提問比較好。真是困難啊。

「那、那麼，你為什麼要退社啊？」

「噗哈哈，沒關係啦，如果妳沒興趣就沒必要逼自己問啦。」

「我、我才沒有那樣說啊，我很好奇，告訴我啦。」

瀨戶山同學張大嘴巴「啊哈哈」大笑，不管怎麼看都覺得他在捉弄我。

瀨戶山同學停下腳步，往操場走近一步，我也跟著一起停下。

「我啊，有個妹妹。」

從書信中知道這件事的「我」裝作不知情，輕輕回應「這樣啊」。

「然後啊，我沒有媽媽，現在和爸爸還有奶奶一起住。奶奶腳不太好，結果我得要幫忙做家事還有其他事，所以根本沒有時間可以玩社團了啦。」

他語調輕鬆地說著，但正因為他的態度太過不在意，所以我花了一段時間才理解他說了什麼。

瀨戶山同學做家事？高中男生竟然幫忙做家事？我頂多只有在假日時幫忙去買東西而已耶。

「雖然很想繼續，但這怎麼樣都沒有辦法啊。」

他嘴角掛著笑容，但眼睛透露出落寞。可以看出他現在還是很想繼續踢足球，但是他告訴自己「不管怎樣都沒辦法繼續」，逼自己放棄。

看見他壓抑情緒的樣子讓我胸口悶痛，這個表情一點也不適合他，也表示這件事如此困難吧。就算是瀨戶山同學，也不是什麼都能說出口、什麼事都能採取行動，他也有強迫自己忍耐的事情啊。仔細想想，這也是理所當然的。

「……將來，還可以再繼續啦。」

我沒辦法撫慰這樣的他，也沒辦法給他勇氣，所以腦海只浮現暫時的安慰話語替現在的他加油。

「什麼？」

「將來再踢就好了啊。就算現在不行，將來還可以再重新開始。如果將來還能繼續，那就不需要全部放棄了、吧。」

因為不清楚瀨戶山同學家裡的狀況，所以說不出什麼機靈的話。其他人——例如江里乃——她會說出什麼話呢？該說什麼，才能讓他露出笑容呢？

「妳啊……」

瀨戶山同學的音調稍微變低，嚇得我震了一下。

果然……說錯話了。我戰戰兢兢看了他的臉，但他只是一臉驚訝地看著我，似乎沒有生氣。

「啊、那個……就是，或許也可以這樣想啦。」

「……說得、也是。」

我語無倫次回答後，瀨戶山同學像是陷入沉思，看著遠方回答，看起來心不在焉，但不像感到不悅。

瀨戶山同學沒再說更多，無言邁開腳步朝車站前進。總覺得氣氛變得很怪，讓我不太自在。一想到或許是我的錯就讓我心情沉重，果然還是什麼也別說比較好。明明可能有什麼我不知情的狀況，明明最大的問題是現在不能踢球，我或許根本不該提將來的事情。

但是，我真的希望放棄般笑著的瀨戶山同學可以稍微真心笑著。

但仔細想想，這是我非常自私的想法，他雖然沒有生氣，但或許打從心底對我失望，覺得面對我很麻煩吧。

我拚命動腦想著該怎麼辦、該怎麼辦，瀨戶山同學突然小聲說了句「筆記本」。

「什麼？」

「那個，妳啊，是妳幫忙拿我和松本的筆記本吧？」

「啊，那、那個，偶爾、啦？」

我心臟猛烈一跳，身體僵直。

他為什麼突然確認這件事？而且還是那麼奇怪的表情。瀨戶山同學直盯著我看的視線，讓我的不安與恐怖湧上心頭，好想別開眼，但要是這樣做可能會讓他起疑，為此我緊握書包的手心慢慢冒出黏膩的汗水。

「這樣、啊。」

「那、怎麼、了嗎？」

「沒有，沒什麼。我只是突然想到妳知道我和松本交換筆記本的事情，妳也有修數學B嗎？」

瀨戶山同學的表情突然變得十分開朗，我雖然困惑還是點頭回了「嗯」，隨即他把手放在我的丸子頭上說：「可別和別人說啊。」

「還有，謝謝妳啊。」

「謝、謝什麼？」

「剛剛那件事。」

他手放在我頭上溫柔說著，雖然沒自信自己做了值得讓他道謝的事情，但至少沒有讓他感到不舒服，我也鬆了一口氣。

「總覺得妳和一開始給人的印象不太一樣，我一開始覺得妳超沒主見、優柔寡斷、只想討好人，但妳這不是能好好說出自己的意見嗎？」

這個人到底有沒有發現他正邊笑邊說出非常失禮的話啊，我忍不住苦笑，結果他還罵我「我在誇獎妳耶，再更開心點吧」。

「總之差不多要考試了啊，啊～～真討厭。」

他在交換日記中也說了同樣的話，只剩下大概兩週，真希望可以避開這個話題。

「……是啊，得念書才行了。」

「妳擅長什麼？」

「英文，但也只會英文，其他全部不擅長。」

聽見我的回答，瀨戶山同學「哦～～」地露出驚訝的表情。我記得他很不擅長英文。

「英文根本完全讓人搞不懂啊，那是什麼語言啊？」

「……英文啊。」

「我知道啦。」

我遮嘴一笑，瀨戶山同學也開心地放聲大笑。我們的對話熱絡到無法想像上一秒還沉默無語，然後轉眼間就抵達車站了。

搭上往大阪難波的準急車班後，立刻抵達大和西大寺站，我要在這邊換車。

「那麼，在這邊說再見囉。」

我說完要走下電車時，瀨戶山同學說著「再見」，輕拍我的背部，對我露出真誠的笑容。

「掰掰。」

我站在月台朝他輕輕揮手，他跟孩子一樣用力揮手。車門關上、車子開動後，他還一直揮手到看不見我的身影為止。

不久前，我根本沒和瀨戶山同學說過話，沒想到現在竟然能這樣一起回家，一起談笑。幾天前我還覺得自己不太喜歡他，現在完全沒有這種想法。

那封信要是一開始就交到江里乃手上，就不會發展成這樣了吧。如果沒有那封信，就算我們在聯誼中說過話，也無法像現在這樣講話吧。

他肯定也不會像剛剛那樣碰我。

英文小考不及格

啊～～糟透了

老師週末出了一大堆作業

這種東西最好看得懂啦！

加油

但如果功課太多

週末就沒有辦法出去玩了

我要和朋友出去逛街喔

逛街逛得開心嗎？

結果我狂打電動
完全沒寫作業被老師罵臭頭（笑

話說回來，妳會用電子郵件嗎？
電子郵件比較輕鬆吧？

怎麼可能和他互傳電子郵件啦。

自從交換日記後，我也開始觀察江里乃的語氣與發言，以此為參考，每次都會回我自認為很江里乃的回信。雖然不知道有沒有做好，但到目前為止，瀨戶山同學似乎沒有懷疑。

電子郵件就另當別論了。

對話的速度會一口氣提升，我沒辦法慢慢思考後回信，而且也不能把江里乃的郵件地址告訴他，告訴他我的地址風險也太高了。

這邊就……視而不見吧，決定當我沒看見最後兩行字。更正確來說，我根本沒看到。沒錯，我沒有看到。好！如此擅自決定後點點頭，把交換日記塞進口袋裡。

開始書信來往後，已經過一段時間了。雖然都是簡短幾句話，但這本筆記本幾乎每天都會來回我和瀨戶山同學之間。交換日記也寫滿近半本，一開始語氣還很客氣，最近已經變得輕鬆許多，對話也變得自然。

但這種事情沒辦法永遠持續下去，我不小心就會忘記得把瀨戶山同學與江里乃的關係引導至美好結局才行。我原本打算說謊假裝成江里乃，巧妙地將兩人湊成一對的啊。

這個交換日記總有一天需要結束。而我知道自己樂在其中，一想像未來要結束，就覺得不捨。

我沒想到逐漸了解一個不認識的人竟然會這麼開心、愉快。正因為和瀨戶山同學在這之前不僅沒有交集，還以為是合不來的人，更讓我想要加倍了解他。

「我到底在幹嘛啊。」

煩躁的心情在胸口擴散，我嘆氣想把這股煩躁吐出來。

走在走廊上往窗外看去，看見一排顯得寂寥的樹木。大概有陣風吹過，一片枯葉隨風飛舞。

既無法落地，也沒辦法隨風遠去，只能輕飄飄在空中飄動的樣子，彷彿就是現在的我。從隙縫竄進來的風冷得我身體一顫，我快步往教室走去。

「江里乃，妳現在沒有想和誰交往嗎？」

一回教室立刻問她，就連江里乃也不停眨眼盯著我看，這疑問似乎嚇了她一大跳。

「怎麼啦？難得聽妳提起這種話題耶。」

「那個，就突然想到？」

「噗哈，什麼啊，嗯，如果有人要和我交往，我也想交往吧～～」

「妳沒有喜歡的人之類的嗎？」

總覺得這類話題連問人都害羞，我這樣想著，低頭想掩飾自己潮紅的臉，結果被江里乃嘲笑：「為什麼是妳害羞啦。」

「我沒有喜歡的人耶，如果有人向我告白就會交往吧。」

這個回答讓我突然想起江里乃先前說過的話。

「要是有人向我告白，我可能會和對方交往吧。」

也就是說，只要我對瀨戶山同學坦白一切，要他重新對江里乃告白，兩人就能交往了吧，可喜可賀、可喜可賀。太簡單了，只要我立刻在交換日記中道歉就好。倒不如說得快點，要不然可能會有別人向江里乃告白。

明明這樣想，卻沒辦法下定決心。只要講出真話，我和瀨戶山同學的交換日記就要劃下句點，而且我還會被他討厭。我無意識隔著衣服撫摸口袋中的交換日記。無法說明、無法用言語形容的複雜情緒湧上心頭，眼淚快掉出來了。

「希美？」

「咦？啊，嗯，這樣啊。」

江里乃擔心的聲音讓我慌張抬起頭。

我到底在想什麼啊。已經知道大概會一切順利，應該要開心才對啊，而且我也不需要繼續說謊了。

勉強自己擠出來的笑容，大概相當扭曲吧。

「啊，希美～～江里乃～～」

聽到有人喊我們而轉過頭去，優子開心地小跳步靠近我們。

「怎麼啦？發生什麼好事了嗎？」

「哎呀，那個，算是吧？」

大概是發生很棒的事情吧，她笑得眼睛都變成彎月了，嘴角也微微上揚。

「哎呀，先別講我了。江里乃，妳這週日有空嗎？我拿到免費的電影票耶。」

「週日？不行耶，我那天和姊姊約好要一起去買東西。」

「什麼～～那希美呢？」

總是喜歡一群人一起玩的優子第一個就只邀江里乃還真罕見，我才這樣想，她就接著問我。

「啊，我應該沒問題，但邀我可以嗎？」

「妳說那什麼話啊，當然是可以才邀妳啊，一起去吧～～」

「嗯，好，一起去吧！好期待喔。」

沒想到竟然會和優子兩個人一起去看電影，還真令人意外，我答應了她的邀約。之前只和優子兩人單獨出去玩過一、兩次吧，而且都是放學後順道繞去玩。

「我和米田，還有希美和瀨戶山同學一起去，我去聯絡他們喔。」

在下一個瞬間，聽見一個讓我懷疑聽力的名字，我全身僵硬。

「……什麼？怎、怎麼一回事啊？」

「優子該不會是喜歡瀨戶山還是那個叫米田的吧？看妳這麼興高采烈也是因為這樣嗎？」

「啊、沒，不是啦……」

雖然我回問，但江里乃的問題讓我的問題不被當一回事了。江里乃雙肘撐在桌上，抬頭看著優子調侃一笑，優子的臉一瞬間染成通紅，看來江里乃猜對了。

不是啦。

為什麼這邊會出現瀨戶山同學啊？優子一開始先邀江里乃，該不會是因為男生要她邀江里乃吧，那換成我出席應該會讓他失望吧。雖然說換成江里乃去也會讓我很頭大，要是他們兩人聊天，然後揭穿交換日記的事情就糟了。真是太好了。但是，很不好啊！

「噯～～噯～～是哪個？話說，是米田吧？」

「沒啊，為、為什麼啦！討厭啦～～」

在我腦袋轉個不停時，兩人繼續對話。

這確實令人好奇，優子喜歡哪一個啊？該不會是瀨戶山同學吧。我希望瀨戶山同學可以順利和江里乃交往，但如果優子喜歡他，我也想替她加油。如果江里乃和瀨戶山同學交往，優子肯定會很難過。這種情況下我該怎麼行動才好呢？

「幹嘛隱瞞啦～～快點快點，快點承認吧。」

「啊～～真是的……米、米田啦。」

在江里乃的逼問下，優子紅著一張臉，非常害羞地小聲說出名字。知道不是瀨戶山同學後，我忍不住鬆了一口氣。

優子說過她和米田同學從國中就認識，該不會從以前就單戀他吧？她總是說想交男朋友，那該不會是想要和他交往的意思吧。

「果然沒錯！很棒啊很棒啊～～」

江里乃興奮地叫著，優子想遮住她的嘴阻止她，但當然是來不及了。

「真是的～～會被別人聽到啦！」

優子往教室各處張望，著急大喊，結果優子的聲音還比江里乃大。難得看優子這樣紅了一張臉，但非常可愛，我也跟著呵呵笑。

「喂，希美妳在笑什麼啦……妳可別說，妳週日要是太刻意的話，我可是會生氣喔！」

「我知道啦，別擔心、別擔心。」我輕快回應後，優子紅著一張臉困擾皺眉，感覺眼中也泛著淚水。總是相當直率的優子，這種時候的反應也是很直率。

……真好，好可愛。

不禁羨慕起來，連我也一起感覺幸福。優子雙手遮住臉，小聲說：「啊～～討厭啦，好害羞。」江里乃還故意纏著優子問「從什麼時候開始啊？」「喜歡他哪裡啊？」大概是難得看見優子這副模樣，江里乃玩得很開心。也可能是先前江里乃一交男朋友就會遭受提問攻擊，江里乃正在報復吧。雖然嘴上抱怨，但優子還是相當開心地回答問題。

還以為江里乃會追根究柢問到下課時間結束，結果學生會廣播把江里乃叫了出去。看見江里乃不捨離開教室的身影，優子喊著「啊～～真是的」無力地趴在桌上。

「不覺得江里乃太欺負人了嗎？真是的～～」

「啊哈哈，但我也有點驚訝耶，第一次聽優子說這種事情，所以對很多事情很好奇啦。」

「……我其實不是很想說啦……」

優子嘟囔出真心話，聲音有點低沉，不是她平常的開朗音調。

「為什麼？」

「其實啊……我覺得米田可能喜歡江里乃。」

優子有點不安地嘟嘴輕語。優子剛剛那副無比害羞的樣子是我第一次見到，現在這沒自信的模樣也是第一次見到。

「為、為什麼？是米田同學本人說的嗎？」

「嗯～～不是耶。雖然對妳不好意思，但先前的聯誼和剛剛電影的事情，他都問我有辦法邀到江里乃嗎？」

所以才會先開口邀江里乃啊。

但那或許是為了瀨戶山同學，只不過，我不能對優子說這件事。而且米田同學也可能不知道瀨戶山同學的心意，只是因為江里乃很受歡迎，他可能只是抱著「有點在意」、「想要和她聊聊」的輕率心情吧。

但正如優子所說，米田同學也可能喜歡江里乃。或許我該說「沒有那回事啦」比較好，但我絲毫不了解米田同學，說這種毫無根據的安慰話太不負責任了。

「我會替妳加油喔。」

我只能說出這句話，優子只是露出傷腦筋的笑容。

很開心唷～～

我們買了相同的自動鉛筆

我現在就用這個筆在寫字

我這週末要和姊姊一起出門

我週日要去看電影～～

原本覺得麻煩想拒絕

但我也想看那部電影

我很喜歡動作片

約定好的週日晴空萬里，清新的空氣、明亮的日光相當舒適，今天的天氣很舒服。

我們約在近鐵難波車站附近，我在電車中想起瀨戶山同學的回信，才想到這樣說來，今天是要看動作片啊。瀨戶山同學說想看的電影是什麼呢？我忘了問優子今天要看什麼電影。

瀨戶山同學確實很適合動作片，感覺他看愛情片應該會睡著。我也非常喜歡帥氣的動作片，要是可以在交換日記中聊這些就好了。最喜歡哪部電影、最近看過哪些電影之類的，但我記得江里乃比較喜歡愛情片，特別的是她喜歡日片更勝於洋片。她說過喜歡哪部電影啊？我努力回想和她之間的對話，卻想不起來。

眺望窗外風景時，和倒映在電車玻璃上的自己對上眼。

優子似乎已經告訴米田同學我會一起去，所以瀨戶山同學應該也會知道，他會不會很失望啊？優子相當期待，我也想著既然要去就要好好玩，所以也做好了準備，但一看見自己的服裝後，我又想立刻回家。「至少回去再換個衣服吧。」一不小心就退縮了，明明出門前照那麼多次鏡子確認，但一出門就覺得自己穿得很奇怪。

把平常綁成丸子頭的頭髮放下，仔細吹整，而且還上了淡妝。因為平常不化妝，我也不知道有沒有化好。我在眼瞼上了淡粉色眼影，嘴唇點了淡橘色唇蜜。這些都是和江里乃去逛街時一見鍾情買下的，但捨不得加上找不到時機用，所以一直放著沒用。我也穿上了平常不常穿的裙子、很喜歡的靴子和外套。

……我為什麼會這樣充滿幹勁啊！

忍不住吐槽玻璃映照中的自己。這是我自己選的。我知道，我很明白啦。花了超過一小時選衣服，接著吹整頭髮加化妝，總共花了兩小時準備，簡直就像是要去約會啊。我記得和矢野學長第一次約會時也做過相同事情，前一天穿了又脫、脫了又穿，到了當天還繼續重複相同事情。看雜誌研究最近的流行穿搭，塗指甲油、挑手鍊，鞋子和包包也是拚命從手邊有的東西中，找出時髦又適合我的。

為什麼今天也花了那麼多時間啊？或許換上平常和江里乃出去玩時的休閒打扮會比較好。如果只有我一個人和大家格格不入該怎麼辦？那也太丟臉了。但優子要和米田同學出去玩絕對會打扮得很可愛，這點我很相信。

是不是很奇怪啊？應該不奇怪吧。但心裡還是很不安。

要是法律規定「學生假日外出玩耍也必須穿著制服」就輕鬆多了，但不管我怎麼煩惱、後悔，現在都無法回家了。我只能放棄，作好覺悟。我也太不乾脆了吧。

抵達車站，越靠近約定的地點，我的心跳也越來越快。

我們約好一點半在難波車站附近的百貨公司門前會合，現在是會合時間十分鐘前。我環視四周，想在人潮中找到大家，但沒看見人，於是我靠牆站著等大家來。

獨自看著眾多行人來回面前的十字路口等待時，我就會開始擔心起自己該不會弄錯時間了吧，其實不是今天而是下週日吧。心跳因為緊張與不安持續加快，感覺呼吸也急促起來。

為了讓自己冷靜下來，我抬頭看著藍天，小口反覆深呼吸，告訴自己不需要擔心，只是陪優子去看電影而已。沒錯，僅此而已。沒有什麼特別的，我只要和平常一樣就好。

閉上眼睛反覆告訴自己後，血壓終於恢復正常。嗯，沒事了。

「喲～～黑田。」

一度平靜下來的心跳，因為這句話又猛烈跳動，心臟快速收縮，「咚咚咚咚咚」，血液彷彿要在身體內氾濫般急速流動。

我慢慢抬起頭，看見瀨戶山同學在人群中舉起手朝我走過來。刷破牛仔褲、粉色薄T恤，搭上一件接近白色的卡其色薄外套，腳上穿著黑色運動鞋。大概是邊走邊聽音樂吧，他脖子上掛著耳機。每一樣都不是特別時髦的單品，但穿在他身上，每個單品都像名牌。果然帥哥不管穿什麼都好看。

瀨戶山同學皺眉看著不禁看傻眼的我。

「黑田，妳在睡覺嗎？」

「咦、啊，沒事……早、早、早安啊。」

「妳結巴什麼啊，而且已經中午了耶。」

我慌慌張張回應後，他傻眼失笑，我臉熱到都懷疑自己要冒火了。而且他還直盯著我看，讓我不安於自己的打扮果然很奇怪吧。

「妳穿便服的感覺完全不同耶～～很可愛嘛。」

能自然說出這種話還真有瀨戶山同學的風格，他總是想到什麼說什麼，所以應該不是社交辭令，但我也不知道該怎麼反應。

「謝、謝謝、你。」

語無倫次之際，我忍不住別開眼，不想讓他看見我現在的臉，肯定很紅，而且我不知道自己現在是什麼表情。明明害羞地坐立不安，嘴角卻露出笑容。我拚命抿緊雙唇遮掩笑容，但肯定面部扭曲了。

因為不習慣有人說我可愛啊，只是因為這樣。

看見瀨戶山同學對我露出笑容，讓我鬆了一口氣。我想他應該很希望江里乃可以來，所以或許相當失望，還想著他今天要是心不甘情不願地來這邊該怎麼辦？但看他的樣子，似乎沒有那種感覺。

「目前只有妳來啊？」

「啊，嗯。」

瀨戶山同學稍微看了看四周後輕聲說，接著站到我身邊。

明明沒有貼在一起，但他所在的左側很不平靜，就像是身體裡的神經全部聚集到左半側一樣。

「今天要看電影對吧？妳平常都看什麼電影？」

「咦？嗯～～我算是什麼都看耶……但不太看愛情片和恐怖片吧。」

「是喔～～我還以為女生都喜歡愛情片耶。我也不行，絕對會睡著。」

果然沒錯，他就是給人這種感覺。

「雖然不討厭，但也不會主動去看。你看起來感覺很喜歡動作片。」

「猜對了，怎麼看也看不膩啊。」

喜歡的理由是這個啊，我不禁失笑。他會不會連聽抒情歌都會睡著啊？來這裡的路上聽的音樂大概是死亡金屬吧，不知道他聽哪首歌呢？但我不能提及這個話題。

但是，我想更了解他，好想問更多，好想和他說話。

「我、我也是，最喜歡動作片。」

「真的假的？妳最喜歡哪一部？」

說自己的事情讓我很緊張。我不禁會想，要是對方不知道，或是討厭的話該怎麼辦啊？但我知道瀨戶山同學也喜歡動作片，鼓起勇氣說出口後，他露出很開心的表情。我說出最近看過的電影中最喜歡的一部片後，他眼睛閃閃發亮地表示他也很喜歡。

「那部電影的那一幕，超級帥氣的啊～～」

「就是說啊！主角的動作好棒。」

「沒錯沒錯，雖然劇情很糟糕，但主角很帥氣，這樣就夠了啊！」

而且我們的感想也大致相同，很好聊。這還是我第一次可以毫不顧忌地說話，害羞和緊張也不知道消失到哪裡去了。

「你們聊得真起勁呢。」

「哇！」

優子突然探出頭來，我和瀨戶山同學同時嚇得跳了一下。我們兩個太認真聊天，完全沒發現優子就在旁邊。米田同學也在優子身邊，一臉訝異地說：「瀨戶是什麼時候和黑田同學變這麼要好啊？」

「別嚇人啊，因為你們兩個太慢了，所以我們閒聊一下而已啊。」

「又沒遲到超過五分鐘，電影開演前還有時間，沒問題啦。」

「那麼，大家都到了，我們走吧。」

大家跟在感覺隨時都會小跳步的優子身後走。

優子應該非常期待吧。光從旁邊看到她往後編織的髮型，就可以知道她比平常還卯足了幹勁，而且臉上一直掛著笑容，看起來比平常更加可愛。或許先前聯誼時也是這種感覺，只是當時我的注意力全在瀨戶山同學身上而沒有察覺。

一想到優子真的很喜歡米田同學，光看見她的笑容，就覺得今天是特別棒的一天。

如果我和矢野學長交往時能和優子有相同的表現，如果我也可以把自己的心情表達出來的話。

——「我搞不太懂希美。」

學長或許也不會那樣說，也不會被他甩了吧。

當時的我，是怎樣的表情呢？一臉無趣到會讓學長產生那種想法嗎？

走進會合地點前的百貨公司，朝八樓電影院前進。換好電影票後，大家在販賣部前排隊買飲料。原本還以為時間充足，但每個櫃台都擠滿了人，等到我們順利買完東西時，已經是開演前十分鐘剛剛好的時間了。

電影是我也想看的英雄動作片，節奏輕快，一轉眼就到電影片尾名單。從頭到尾有好多精采畫面，大概會有續集吧，因為結尾富含深意且讓人期待有續集。

「啊～～真有趣！」

走出電影院，瀨戶山同學邊用力伸懶腰邊說。

「還可以啦，不覺得只是很帥而已嗎？」

「我也是，看不太懂內容。」

米田同學和優子這樣說，感覺朝心情愉悅的瀨戶山同學潑了一盆冷水。

「什麼？你們根本什麼都不懂。」

「欸～～可是故事設定真的很牽強啊。」

「你們真的不懂，黑田妳說是不是？很有趣對吧！」

大概因為我說我也喜歡動作片吧，他突然把話題拋到我身上。

雖然很帥氣，但要是說「就只是很帥而已」也沒有辦法否認，感覺好像內容膚淺撐不起設定。我自己是看得很開心啦，但如果回答「很有趣」，又像在否定米田同學和優子的意見。因為內容被當成附屬品，也有單純卻搞得很複雜的部分，所以我也能理解兩人的感受。

「那、那個，雖然故事有點難懂，但打鬥的場面相當帥氣啊。」

「沒錯沒錯，就是這樣！很帥氣啦的那種感覺。」

「帥氣這點我也大概可以理解喔！」

米田同學和優子似乎也認同「帥氣」這點，瀨戶山同學安靜了好一陣子後說：「只要帥氣就夠了啦。」

「比起這個，我肚子餓了，要不要去吃什麼？」

「不錯耶～～我想要吃漢堡。」

優子邊伸懶腰邊說，米田同學也跟著附和。不知何時，他們兩人已經走在前面說起要去哪裡了。

老實說，我肚子不太餓但有點渴，所以希望有飲料喝。如果再貪心一點，我想吃點甜點。但我也沒特地說出口，只是想著跟著一起到決定好的地方後再思考就好。

因為咖啡廳這個時段會換成下午茶菜單，可能沒有主食，我聽見他們正朝要去速食店或是家庭餐廳的方向下決定。

「我想吃甜點。」

走在身邊的瀨戶山同學突然開口，優子和米田同學轉過頭同聲齊喊：「什麼～～」

「為什麼啦？肚子餓了耶！」

「我肚子又不餓。」

「你點個飲料喝就好了啊～～」

「可是我不想去啊，喝飲料根本算不上有吃到甜點。」

……這個人怎麼這麼老實啊。可以直接對談論熱烈的兩人說出自己的意見，真是太厲害了。

真要說起來，我的心情和瀨戶山同學相同，但感覺怎樣都無所謂，所以只是呆呆地看著三人對話。看著瀨戶山同學拚命掙扎建議肚子餓的兩人去咖啡廳的樣子，總覺得他好可愛，我不禁噗哧一笑。

「黑田咧？」

「什麼？」

瀨戶山同學轉過頭來問我的意見。

「希美是不是也覺得速食店比較好？」優子拚命說著。

「咖啡廳吧！妳會肚子餓嗎？應該不餓吧？」瀨戶山同學問道。

「你們別這樣逼問她啦，黑田同學，妳想要吃什麼？」米田同學為難地說著。

三個人同時問我，讓我只能回應：「什麼？什麼？」

雖然肚子不餓，但覺得吃速食也無所謂。要是我這樣說，瀨戶山同學就得忍耐了，而優子和米田同學肚子餓，應該想吃些什麼吧。我沒辦法作選擇啊。

大家盯著不知所措的我，他們的視線刺痛我，現在該說什麼才是最棒的回答呢？

「……有那種有漢堡也有甜點的店……之類的嗎？」

說出口的瞬間，瀨戶山同學用力嘆了一口氣，優子和米田同學也一語不發地互相對看後思考。

這種回答果然不行，他們是不是覺得「這傢伙是怎樣啊」。不管選哪個都會有人無法接受，所以我才想如果有能滿足雙方需求的地方就好了，但還是該選擇其中一個才好嗎？

「那麼，總之邊走邊找吧。」

「說得也是～～」

優子和米田同學說完後率先邁開腳步，他們放棄先決定店家，打算邊走邊考慮。我開始不安起該不會因為我讓事情變得更麻煩了吧？但看著大家邊走邊看店家邊說「這家呢？」「不會太貴嗎？」選擇的樣子，也覺得不再爭吵真是太好了。只不過，走在我身邊的瀨戶山同學一臉不滿。

「妳啊，為什麼那樣？真的沒有想吃的東西或是討厭的東西之類的嗎？」

他一臉厭煩地碎碎唸抱怨，似乎很不認同我的回答，雖然我也不知道優子他們是否認同。

「就、就算你這樣說……我覺得讓大家忍耐不吃想吃的東西也不好啊……」

「……那妳忍耐就無所謂嗎？」

「我沒有到忍耐的程度啊，如果有大家都能吃到想吃東西的店就好了。而且啊，這種時候可能就會發現之前都不知道的店耶。」

「妳是有多樂觀啊。」

這算樂觀嗎？我覺得都可以的心情也絕非虛假。雖然不太清楚，但如果是江里乃，她這種時候會說什麼呢？總之，應該不會說出我這種回答，而會直接說出某家店的名字吧，這部分她和瀨戶山同學很相像。只不過，江里乃會領導大家，率先帶頭走，調停意見。江里乃很擅長讓大家認同她的意見，如此一想，或許又和瀨戶山同學有點不同。

「瀨戶山同學，你的自我主張很強烈呢……」

「啊？什麼？妳在挑釁我嗎？」

「不、不是那個意思！是好的意思！」

我發現自己說錯話，慌慌張張解釋，但瀨戶山同學卻像孩子般鬧彆扭說著：「反正我就是任性啦。」

「瀨戶，那家店如何？」

走在前面的米田同學轉過頭來指著某個地方問。

招牌上有漢堡的圖樣，但那似乎不是連鎖店，而是個人經營的店家。走近一看有個小看板，上面有幾個蛋糕和聖代。

價格比速食店高一點，卻也沒高到嚇人，大概和在家庭餐廳點餐差不多，正適合現在的我們。明明不是第一次經過這條路，卻從來不知道有這家店，大概平常都會先決定好要去哪家店，所以經過時也沒多注意吧。

看板上的照片看起來都很好吃，這讓我的肚子突然餓了起來。

「嗯～～不錯啊。」

「那就決定了，有漢堡也有甜點的店。」

米田同學和優子先走進去後，瀨戶山同學小聲咂舌。

為什麼在生氣？明明找到了一家好店耶！

我戰戰兢兢地看向瀨戶山同學，他板著一張臉對我，與其說他在生氣，倒不如說是在鬧彆扭。

「真不爽。」

「……為、為什麼？」

「結果就跟妳說的一樣，妳真狡猾，竟然能作出這種決定。」

我聽不懂他在說什麼耶。

看見我歪頭，他拍拍我的肩膀說：「就是說妳很厲害啦。」先前他把手放在我頭上時我也曾想過，不知該說感覺距離很近還是該說什麼。他很習慣碰觸別人嗎？不習慣的我只能做出不自在的反應。

「進去吧。」

「啊，嗯。」

我聽不太懂他話中的意思，但他上一秒對我的不耐情緒似乎不知道跑去哪了，露出孩童般的開朗笑容問我：「妳要吃什麼？」他不只心直口快，一下子就出手碰人，連情緒轉變也很快。

被他碰觸的我的肩膀，有點發熱。

結果我和瀨戶山同學看到看起來很好吃的菜單後也餓了，就點了一點東西來吃。最後大家一起點甜點，天南地北聊了一陣子，像是電影的話題、學校的事情，還有迫在眉睫的期末考。

聊完天之後，這時間要回家還太早，所以我們在附近閒晃，決定到途中經過的電玩中心消磨時間。

玩了幾個夾娃娃機，就到二樓去玩高中生也能玩的推錢機，在大家投錢玩遊戲時，我獨自離開去了洗手間。

再回來時，那邊只剩下瀨戶山同學，他一個人默默投硬幣繼續玩，沒看見米田同學和優子。

「咦？」

「他們兩個人說推錢機玩膩了，不知道跑去哪裡了。」

瀨戶山同學該不會是在等我吧？雖然這樣想，但他在我回來後還繼續玩推錢機，似乎沒有移動的意思。感覺丟下他一個人也不好，我只好呆呆站著看他手邊，他則朝旁邊努努下巴問：「坐下吧？」

要在雙人椅上坐下，距離太近讓我不知所措。但我也沒有理由拒絕，就輕輕坐下，發現兩個人的肩膀快要碰在一起時，我繃緊肌肉想要拉出一點距離。我縮起肩膀，把雙手緊緊往身體縮，那就得做出往前伸展的姿勢才行。

「妳令人意外地厲害耶。」

「……什麼？」

瀨戶山同學邊投入一枚又一枚硬幣邊小聲說，厲害的人是明明只換了五百日圓代幣，卻增加了一倍以上的他吧。他手邊杯子裡的硬幣大概有八分滿，推錢機是能增加這麼多的遊戲嗎？我還以為只會不停減少耶。和大家一起換硬幣的我，沒幾分鐘就玩光了。

「剛剛那個。妳那種沒主見的樣子，我每次看都覺得很煩躁，但剛剛真的覺得妳很厲害。」

剛剛是指什麼啊？瀨戶山同學沒看我，自顧自繼續說。我看著他的臉追尋記憶，該不會是在講選店家的事情吧？

「選項明明只有速食店和咖啡廳，沒想到竟然還有選擇中間，讓大家都能吃到喜歡東西的方法，妳真厲害。」

「才、才沒有那麼厲害。」

他語調感慨甚深地誇獎著我料想之外的事情。

「我啊，什麼事情都想黑白分明，所以我奶奶常常說我很任性。我好像常常對妳抱怨，真心覺得很對不起。」

他抬起頭看著我，露出淡淡微笑。那笑容太耀眼，讓我感到相當不好意思。那根本不值得他說成那樣，這次肯定只是我剛好運氣好而已，也很有可能找不到符合的店家。多虧米田同學和優子說了「找找看吧」，如果是其他人，也可能會生氣地說：「那什麼回答啊。」

我只是配合大家，不選邊站，隨波逐流沒主見而已。

「我比較羨慕你。」

可以想到什麼說什麼，才是真正厲害。可以像這樣對我說「真厲害」的他，比我更加、更加厲害。

——「都可以什麼的，我完全不懂。」

想到之前他說過的話。就是啊，如果不好好把自己的意見說出口，就沒人能理解。

「任性聽起來好像是壞話，但我很羨慕喔。可以對別人說出自己的意見是很厲害的事情，因為不說出口，就沒人能理解啊。」

「……什麼意思啊？」

瀨戶山同學稍微思考後似乎還是不明白，輕輕歪頭。

「我是因為沒辦法說出自己的意見……就被甩了。」

我自嘲一笑。

問我「哪個好？」我就會回答都好，問我「想要什麼？」我就會回答都可以，因為老是重複這種問答就被甩了。即使如此，我現在仍只會做出相同的事情。我到底有多窩囊、多半吊子啊。

看著要掉不掉的硬幣，我想起學長的臉。每次我回答後，學長似乎總是露出傷腦筋的垂眉表情。現在明明能回想起來，當時為什麼沒發現呢？

我以為瀨戶山同學會笑著說「那也是當然的啊」，但他一句話也沒說，我們兩人只是看著硬幣掉下去，然後再被推出來。

「我現在要去買飲料。」

「……咦？啊，嗯。」

沒頭沒尾的發言，我彷彿遭受出其不意攻擊般抬起頭，但瀨戶山同學的表情和方才相同，繼續投硬幣。

「我也替妳買，可樂和茶，妳要哪一個？」

「咦？欸，啊，那個，都、都好。」

「可樂和茶以外的話，妳想喝什麼？」

「……都可以。」

我很厭惡面對瀨戶山同學的提問，卻仍然只能答出相同答案的自己。明明想著不能這樣下去，但總是做出相同的事情。

「我知道了。」

瀨戶山同學起身去找自動販賣機。

他為什麼突然說要去買飲料啊？大概很渴吧，我果然還是不了解他。他比平常還沉默，也不太看我，或許還是覺得我讓他很煩躁吧。

我為什麼會如此無法說出自己的意見呢？剛剛應該要說紅茶才對，應該要說「茶吧」作出選擇才對。雖然「都可以、都好」也不是謊言，但作選擇應該也不難，但我為什麼就是做不到呢？

「給妳。」

幾分鐘後，瀨戶山同學右手拿著瓶裝可樂回來，把左手的罐裝飲料遞給我。我接過微溫的罐子，確認上面的標籤。

「噗、哈！為、為什麼是紅豆湯啊？」

「妳不是說都可以嗎？」

「我沒想到竟然會是紅豆湯啊，哇哈哈，真虧你找得到這個耶。」

預料外的選擇讓我噴笑，瀨戶山同學一臉得意地看著我。店裡一點也不冷，但我沒想到他會選紅豆湯。

「噗哈、哈，謝謝。這麼說來，我還是第一次喝罐裝紅豆湯耶，有點期待。」

我呵呵笑著，上下搖晃罐子後打開。喝了一口，甜味在口腔中擴散。罐裝紅豆湯原來是這種味道啊，我慢慢品味著，雖然有點口渴，但這也相當美味。

「妳啊，什麼都好啦。」

「什麼？」

「妳說了什麼都好，就真的是什麼都好對吧？所以也不抱怨，默默喝下那個。妳這樣不就好了嗎？妳又沒有在說謊，那也是妳自己的意見啊。」

他指著我的手邊，笑著說：「對吧？」

這是在安慰我嗎？聽見我剛剛說的話，他是想告訴我「這樣也可以」的意思吧。

「哎呀～～但老是說什麼都好也很麻煩就是了。妳就學學我，變得稍微任性一點也沒關係吧？」

「呵、呵呵……嗯。」

「但我覺得，妳大概比妳自己想像的『更有自我』喔。」

我聽不太懂最後這句話的意思，但聽到他這樣說讓我覺得很開心，因為從沒有人對我說過這種話。紅豆湯暖暖甜甜的，讓我感覺好幸福。

「謝謝你。啊，錢……」

「不用啦，啊，但妳要好好思考啊。」

「啊哈哈，嗯，謝謝你。」

當我抱著各種情緒向他道謝後，他對我露出非常溫柔的笑容，瞇細眼睛，嘴角也揚起弧度，然後最後，拍拍我的頭。

回到家後，我還是沒辦法忘記瀨戶山同學那個表情，沒辦法忘記那句話。

——「妳說了什麼都好，就真的是什麼都好對吧？」

——「那也是妳自己的意見啊。」

自己很難能這樣思考，但是……好開心，正因為這句話出自想到什麼說什麼的瀨戶山同學口中。

「謝謝。」

我獨自對著和瀨戶山同學的交換日記輕語。

他不可能聽見，但即使如此，我還是無法忍住不說。喜悅的心情完全無法消失，身體好輕盈，好像要飄上天了。瀨戶山同學的笑容和話語，不停、不停地浮現在我腦海中，每次想到都讓我微笑。

他比我想像的還要直率、還常笑，而且非常溫柔。不久前還覺得是和我沒有緣分的人，沒想到只是有點交集，竟然能讓印象產生如此巨大的改變。

還想跟他說更多話，想要接觸他的直率，一起歡笑。和他在一起，可以不需多有顧慮地聊興趣，而且就算被他抱怨我也能維持笑容。

「電影相當有趣呢。」

我忍不住想要寫下這個回應。

如果還有機會和瀨戶山同學一起去看電影，肯定會聊到要看什麼的話題吧。要是他問我「這部和那部，哪一個好？」我肯定無法選擇，而瀨戶山同學雖然嘴上抱怨，應該也會接納我的這份情緒吧。

這只是我自顧自地擅自想像。

「改天一起去看電影吧。」

我用黃筆小小寫下這句話，接著苦笑著用黑筆在上面畫畫遮掩起來。

「開玩笑的。」

因為這種話說不出口啊，我明白。筆記本中的「我」非得是「江里乃」不可，而收下筆記本的瀨戶山同學，肯定也相信這是江里乃寫的東西而翻閱頁面吧。還會用著我沒見過的不同笑容。

光想像都感覺到胸口刺痛，這是因為我在說謊。

粉色的·愛戀

迷途羔羊的真實

社會組平常都幾點回家啊？

感覺回家時不太常見到妳

話說回來，

我妹昨天說她交了男朋友，嚇死我了

社會組大多都是

第六堂課結束後就能馬上回家了喔

什麼？已經有男朋友了？

她念小學四年級吧？

最近的小學生還真早熟

哥哥應該覺得很寂寞吧？

才不寂寞！

但看她曬恩愛很煩。

然後，除了之前那首歌之外

也可以播這首歌嗎？

妳有ＣＤ嗎？

他真的很喜歡呢。

午休時，從意見箱裡拿出交換日記看了瀨戶山同學的回信後，我這樣想。看見他回信中寫的歌手的歌曲，立刻知道他是不折不扣的死亡金屬迷。每首歌我都有ＣＤ，所以可以播，但可能又會被老師唸。哎呀，被唸就算了啦。

這麼說來，瀨戶山同學以為江里乃喜歡死亡金屬對吧？我記不得自己回過什麼內容了，便往前翻閱確認。

書信往來累積不少，第一本筆記本幾乎已經寫滿了。

這本筆記本上的對話，到底是現實還是謊言，我已經搞不清楚了。熱烈談論喜歡的死亡金屬，說些電影的話題，學校還有家裡的事情。

「真的很開心啊……」

我知道。我現在只是單純樂在與瀨戶山同學的書信往來中，明明告訴自己好多次「不可以」，仍拖拖拉拉持續下去。寫著「學生會真的很辛苦耶」的謊言，也寫著「死亡金屬的這首歌很棒呢」的真心話，連我自己都搞不清楚什麼是真、什麼是假了。

而且實際上和瀨戶山同學見過面說過話，更加深這種感覺。好像一不小心就會差點把交換日記中的對話說出口。

「啊，黑田！」

背後傳來瀨戶山同學的聲音，我慌慌張張地把交換日記塞進口袋。不對，他知道是我在拿交換日記的，被看見也無所謂，但我沒自信可以好好蒙混過去。

「我剛好在找妳！」

「……什、什麼？」

大概是在找我吧，他朝我衝過來，我不自覺地繃緊身體等他，而他猛然抓住我的肩膀。

「妳啊！」

怒氣沖天的模樣，讓我全身噴出冷汗。

什麼？在生氣？該不會是被發現了吧？為什麼？

「妳英文很好對不對？」

「……對不起……！什麼？」

我反射性道歉，但一聽見他說的話，不禁歪頭「嗯？」

「妳道什麼歉啊？妳對我做了什麼嗎？」

「咦、啊，沒有。不知不覺。話說回來英文？什麼？」

「對，妳英文很好對不對？」

英文確實是我的擅長科目……但我跟不上他為什麼會突然提起這件事情。

「嗯……」我回答後，他突然朝我低頭：「拜託妳！教我英文！」

為什麼？

瀨戶山同學把呆愣的我拋在一旁，焦急地繼續說：

「我下次考試要是不及格就要補課，真的快完蛋了啦！」

這麼說來，他好像在交換日記裡說過英文考不及格的事情。

我記得有誰說過，期中考和期末考都不及格，寒假就要補課之類的。也就是說他期中考不及格囉，真的很不擅長英文啊。我記得補課是除了年假之外，每天從早上到晚上的密集課程，怎樣都會想避開吧。看著面前雙手合十、低頭拚命拜託我的瀨戶山同學，我也找不到理由拒絕，幸好我很擅長英文。雖然沒教過人我沒什麼自信，但如果我能幫上忙的話，我想要幫他。

「……可以、啊。」

「真的假的！妳幫大忙了！真的幫了我大忙了！那個，那該怎麼辦好？啊，電郵，告訴我妳的地址。」

「咦？咦？咦？」

講到一半，預備鐘聲響起，我被焦急的他影響，也陷入輕微驚慌狀態。他手拿手機催促我，我開始找自己的手機，這才想起我放在教室沒拿。

「那，怎麼辦，啊，這個，寫在這上面，我等一下傳訊息給妳。」

「啊，好。」

瀨戶山同學翻找口袋後，拿出縐成一團的購物明細和原子筆給我。總之我在上面寫上自己的電郵地址。

「我晚一點聯絡妳！」

我呆呆看著匆忙跑回自己教室的瀨戶山同學的背影，也慌慌張張跑回自己的教室。

……到底是怎麼一回事啊？不，我知道他是要我教他英文，但為什麼找我啊？

總之我已經答應了，只能在能力所及的範圍內盡己所能。期末考就在下週，我自己也能順便複習吧。

下一堂課上課中，我收到了瀨戶山同學的來信。

「我們要上到第七堂課，妳今天有時間嗎？」

「沒問題喔，我去圖書室裡念書，你上完課後直接在圖書室一起念書？」

「晚上讓我妹和奶奶兩個人在家我不放心，妳可以到我家嗎？」

看著手機畫面，我瞪大眼睛。

家……這是指，瀨戶山同學的家，對吧？要在他家念書嗎？什麼？為什麼！

不管怎樣也太不好了吧，不對，我們只是要念書而已，沒有什麼不好。但男生家會讓我緊張啊，不對，不對不對，沒什麼事情好緊張的，只是要念書而已。而且瀨戶山同學喜歡江里乃，我也知道這件事。

……不對，但是，這也太奇怪了吧！

我不知道該怎麼回信才好，不管還在上課，就直盯著手機畫面看。我打了「我知道了」後又刪除，打了「去你家有點不好」後又刪除，不斷重複以上動作。為什麼，明明是「我」和瀨戶山同學的郵件啊，為什麼我得如此煩惱啊。

但是想想家裡以外有哪裡可以念書？也想不到合適地點。仔細想想，期末考前的這段時間，圖書室裡的人比平常還要多，所以會有很多人看見我們兩人一起念書，可能因此傳出無憑無據的謠言，我最想避免這件事發生。而且在大家好奇的目光中，大概也沒有辦法靜下來念書。車站前雖然有速食店，但待太久也會帶給店家困擾，而且在那邊被看到的問題更大，所以不管是圖書室還是家裡都不好。

感覺拿會緊張當理由拒絕去他家只是我的任性，我記得他說過家裡沒有媽媽，他要幫忙照顧妹妹，甚至為了這個退出社團。我思考許久之後，回了「我明白了，那我在圖書室等你」。

「咦？希美，妳不回家嗎？」

「啊，嗯，我有點事。」

短班會結束後，拿起書包的江里乃站在我座位前問我。我平常大概都和她同時起身，今天卻還沒有準備要回家，所以她才覺得奇怪吧。

我含糊回答後，江里乃立刻問我：「什麼事啊？」

「那個，我想說去圖書室念書好了。」

「自己去？」

「……不，那個，跟朋友。」

我知道自己眼神游移、行為舉止怪異，擺明就是要人深入追問。

「和誰啊？」

從眼睛閃閃發亮的江里乃臉上別開視線，我再說了一次「跟朋友」，音量比剛剛更小，然後，江里乃當然不接受這個答案。

「和、誰、啊？」

「那……個……」

江里乃只要一好奇，不問出答案絕不死心。還記得和矢野學長剛開始交往時，明明沒告訴任何人，也是她第一個發現我不太對勁，然後逼問我讓我坦承。

但江里乃大概還在懷疑我喜歡瀨戶山同學，要是現在說出他的名字，只會加深江里乃的誤解。

「妳別吊人胃口啦，該不會是交男朋友了？」

我對著眼睛閃閃發亮的江里乃拚命否認，「就說是朋友啦！」

「那，是喜歡的人？」

「……不、不是啦！是、是朋友。」

為什麼會變成這樣啦。在我頑固不肯承認時，江里乃喊著：「什麼嘛～～」露出不滿的表情。就算她失望，真的什麼也沒有啊。

「妳笑咪咪的，我還以為有什麼好事耶。」

……笑咪咪？

我驚訝地抬頭看向江里乃，她對著我苦笑。

「算了，今天就放過妳。下次要好好向我報告喔！因為妳是守密主義者啊。」

江里乃似乎覺得再問下去也沒結果，如此說完後，就笑著對我揮手走出教室。

笑咪咪……？

我把雙手貼在臉上輕輕撫摸，想知道自己的表情，但當然摸不出來。

怎、怎麼可能，笑咪咪的，那豈不是像在說我很期待嗎？絕不可能，只是念書而已，僅此而已。而且瀨戶山同學不是喜歡我而是喜歡江里乃，我們毫無關係。

那麼，我對瀨戶山同學有什麼想法呢？突然冒出這個疑問，我忍不住拍拍自己的臉頰。

我在想什麼啦。瀨戶山同學喜歡江里乃，而我只是一個剛好認識的朋友。

緊咬牙根，想要掩飾胸中的苦澀。

就算喜歡上他，也只是白費力氣，所以我不可能喜歡上他。就算他比我想像中還更好聊，就算對他什麼都能說出口的直率從嫉妒轉變成憧憬，就算他對我露出的笑容有多溫柔。

不出我所料，圖書室比平常還多人。

我找到入口附近，位於書架後側比較不顯眼的位子坐下。瀨戶山同學要一小時後才會來，我想趁這段時間背幾個公式，把不擅長的數學課本拿出來看，但總是冷靜不下來，完全記不進腦袋裡。想著他不知道什麼時候會來，沒幾分鐘就往入口看。

本來就已經很緊張了，江里乃「喜歡的人？」這句話在我的腦袋裡迴盪，讓我更加在意。明明不是啊，明明不是的啊。

「什麼？數學？」

「……哇，嚇我一跳。」

「妳也發呆發過頭了吧，怎麼老是這樣啊？」

突然出現的聲音讓我仰頭回望，雙手插在口袋裡的瀨戶山同學正居高臨下地看著我。

「嗯，我們走吧。」

瀨戶山同學說完後轉身離去，我收好東西便追上去。

現在要到瀨戶山同學家去，一想到這又讓我緊張起來。和矢野學長交往時也沒去過他家，這還是我生平第一次到男生家裡去。

「我妹在，可能會很吵。」

「啊，嗯，沒有關係。」

兩人獨處反而讓我更困擾。為了掩飾自己緊張的情緒，我嘿嘿傻笑，結果被瀨戶山同學說「很噁心耶」。

要走出圖書室時，在門口和正要走進來的人輕輕撞上。

「啊，不好意思。」

反射性道歉抬起頭後，我看見矢野學長驚訝的臉，他身邊是先前也和他在一起的女友。學長和我大概同時別開眼，我稍微點頭後，避免和他女友對上眼就迅速走過。

「哎～要從哪一科開始念起？」

「啊、啊啊，數學或化學吧。哪一科好？」

「我想先念數學。」

背後傳來兩人的對話，我想著如果是我，應該會回答「都可以」吧。

「……黑田？」

「什麼？」

「……妳眉間都擠出皺紋了，有夠醜。」

聽到瀨戶山同學喊我，我轉過頭去，他指著我的眉間笑，我瞬間伸手遮住眉間，他又笑得更大聲。不知為何，他的笑容讓我的心情變輕鬆了。

走到車站，經過我平常下車的車站十分鐘左右，抵達比我家那站更大的車站後，轉搭公車。

從公車站步行幾分鐘後抵達瀨戶山同學的家，看起來是屋齡超過五十年，古老又大的木造獨棟房子。

「我回來了。」

「歡迎回來～～」

瀨戶山同學打開門走進去後，裡面傳來精神飽滿的聲音，接著聽見乒乒乓乓跑過來的腳步聲。我從他背後探出頭看，只見一個小女孩掛著開朗笑容跑出來迎接他。

這女孩就是瀨戶山同學的小四妹妹啊。比我想像的還要可愛，好想要抱緊她。和瀨戶山同學不同的地方是，她的眼睛很大，但鼻子和嘴巴很像，純黑柔順的頭髮也一樣。她很適合把頭髮高高綁成兩束的雙馬尾造型。

「好啦好啦，今天有客人，所以安靜一點喔。」

「客人？哥哥的？」

我和歪著頭的妹妹對上眼，慌慌張張低頭說：「打擾了。」

「咦！哥哥的女朋友？女朋友？」

「不是啦，是朋友。」

「奶奶！哥哥帶女朋友回家了啦！」

「聽人說話啊！然後冷靜點！」

他妹妹眼睛閃閃發亮，匆忙往裡面跑去，看來完全沒聽見瀨戶山同學的聲音。看到這一幕，他邊嘆氣邊說：「真是的。」

「那、那個……」

「啊～～那傢伙老是靜不下來，妳不用在意。大概是我難得帶朋友回家，所以她才會這麼興奮。」

「朋友」和「難得」這兩句話讓我產生難以言喻的情緒，我也搞不懂是開心還是悲傷。最不懂的是為什麼會有這種心情，是因為太緊張而不對勁了嗎？

瀨戶山同學脫鞋進屋後，一隻虎斑貓跑過來磨蹭他。有著漂亮臉蛋的貓咪小聲「喵」地叫，繞著他轉圈圈。玻璃彈珠般的橘色眼睛偷偷看著我，露出彷彿在問「是誰啊？」的表情，似乎是很親人的貓咪，感覺不到戒心。

「這是貓咪，叫小喬。」

「好可愛喔~~真好，這麼說來，你家有養貓和狗對吧？」

「……啊啊……狗在院子裡，是哈士奇，名字叫拉里。」

是哈士奇啊，肯定很帥吧，待會好想去見見牠喔。

總之，我戰戰兢兢地朝小喬伸出手，牠沒有逃開聞著我的味道，我摸牠的頭，牠看起來很舒服地瞇上眼。瀨戶山同學把牠抱起來摸，牠發出咕嚕聲。牠果然很黏瀨戶山同學。

瀨戶山同學對我說「進來吧」，我脫鞋進屋，地板嘎吱一響。感覺似乎在歡迎我，但這樣想又顯得我太得意忘形了。

「歡迎妳來。」

聽見溫柔的聲音轉過頭去，坐在輪椅上的老奶奶看著我微笑。在她背後，妹妹充滿好奇心的眼睛不停朝我身上飄。

「啊，是的！啊，打擾了。我叫黑田希美。」

「我身體這樣沒辦法招待妳，但請妳隨意喔。」

老奶奶滿臉微笑地握住我的手，她的手雖小卻非常溫柔。

「請您別在意，非常謝謝您。」

「奶奶，妳不用管我們啦，我們只是要念書而已。」

「是女朋友吧？要是先講會帶她回來，我就會去買個蛋糕回來了。」

「啊～～哎呀，算了啦，總之我們先上樓念書。」

我再次向老奶奶點頭後，跟在瀨戶山同學身後走上樓。

……女朋友，啊，總覺得胸口騷動，好奇怪的感覺。明明是被誤會了，但想起妹妹充滿好奇心的眼睛，還有老奶奶溫柔的笑容，讓我不禁微笑。

「房裡有點亂。」

二樓最裡邊的房間似乎是瀨戶山同學的房間，大概因為是老房子，拉門那頭是四坪大的和室。和隔壁房間用拉門隔開的，大概是妹妹的房間吧。

總覺得有點意外，也沒有他說的亂。房裡有矮床墊和簡單的桌子，旁邊的櫃子上擺著雜貨小東西和書。大電視、耳機，還有音響和排列整齊的ＣＤ。他應該是在這裡悠閒地聽死亡金屬吧。

瀨戶山同學喊著「嘿咻」，從壁櫥裡拖出小方桌，拉開桌腳後放在房間正中央，接著在旁邊擺上兩個簡單的抱枕，說著「請坐」要我坐下。

我把大衣和書包擺在一旁慢慢坐下，拿出英文課本翻，想著該從哪邊開始。瀨戶山同學在房間角落摸東摸西後才在我面前坐下，接著拿出眼鏡盒，戴上黑框眼鏡。

「你有戴眼鏡啊？」

「什麼？啊，是啊，我平常戴隱形眼鏡，但很乾澀，所以我在家都戴眼鏡。」

和平常不同的氛圍讓我更靜不下來，黑框眼鏡增添他的帥氣度，讓我坐立不安。

「社會組英文考試範圍是哪邊到哪邊？」

「嗯，等我一下喔，啊，找到了，從一百二十四頁到一百五十七頁。」

「那一樣耶，太好了～～」

啊，自然組也一樣啊，那我也可以為考試念書，剛剛好。

開始念書前，先決定好回家時間設定好手機鬧鐘。

我和他一起翻譯範例句子後，對他解說單字和文法。英文幾乎都靠背的，我很不安他聽不聽得懂我的說明，但他相當認真地聽我解說。

「啊～～我知道了！原來如此！」

看見他露出燦爛笑容，我在鬆了一口氣前，心臟先劇烈跳動。

那一臉笑容很犯規啊。比平常的笑容更加孩子氣又天真無邪，和看起來成熟的黑框眼鏡有點不搭，但這個落差讓他的笑容更顯耀眼。

「怎麼了嗎？」
「沒、沒什麼！」
他近距離探看我，我瞬間往後閃的同時，傳來「叩叩」的敲門聲。
「打擾了～～」
從門後探出頭的，是瀨戶山同學的妹妹。她手上拿著托盤，臉頰微微泛紅地走進房裡。
「幹嘛啦？」
「我端茶來給你們啊，那個，希美姊姊喝紅茶可以嗎？點心只有這個就是了……」
她有點不好意思地說著，把裝有紅茶的杯子和點心放在桌上。點心是單獨包裝的甜饅頭，這年紀的女生大概很喜歡可愛的蛋糕或餅乾吧。
「謝謝妳，我很喜歡紅豆餡。」
「太好了～～啊，我叫瀨戶山美久。」
「美久啊，請多指教喔。」
美久的臉頰染成粉紅色，靦腆一笑。那非常可愛的微笑連我都心頭小鹿亂撞了，她肯定是校園偶像吧。
「夠了吧，美久，妳打擾我們念書了。」
「欸～～一下下又沒有關係！因為人家很在意嘛……哥哥第一次帶女朋友回來

耶。」

瀨戶山同學很厭煩地揮手趕走美久，她不滿地嘟起雙頰。

「那個，那我們稍微休息一下吧。如果不適度休息一下，專注力就會下降，稍微聊一下天吧。」

我插進快要吵起來的兩人間問：「好嗎？」美久露出花朵盛開般的燦爛笑容，反之，瀨戶山同學則是無奈地聳聳肩。

「那，希美姊姊和哥哥，是誰告白的啊？」

「咦……？那個……」

美久劈頭就問了我完全沒預想到的問題，我偷偷看了看瀨戶山同學，朝他傳送求救視線。

「我不管，妳自己負責。」

「喂，為什麼啦！」

「因為是妳說要休息的啊，妳明明知道會變成這樣。」

……好過分！竟然自己一個人吃甜饅頭，裝作事不關己。雖然開口說要休息的人的確是我。在她清澈透亮直直看著我的眼睛注視下，我可以直說「我們沒有交往」嗎？會不會讓她失望啊？雖然這樣說，但我也不想說謊。

「美久，那個，聽說妳有男朋友啊？」

百般考慮後，我決定採取轉移話題的方法。

「嗯，上週被告白了，但是啊，在那之後完全沒說過話……」

太好了，不只巧妙地閃過這個提問，還轉移到下一個話題，我鬆了一口氣的同時，也再次感受到現在的小學生還真是厲害呢。現在的小學生交男女朋友是很普通的事情嗎？我那時連國中有男女朋友的人都很少見耶。

「我很害羞，沒辦法好好開口說話……但傳訊息就有辦法說話就是了。」

現在的小學生也有手機啊。

「這樣啊～～」「是喔～～」我像笨蛋一樣邊應和，邊聽美久的煩惱。開始交往是很好，但她過度意識而沒辦法好好說話，而且開始交往後還沒有單獨相處過，所以她很煩惱。雖然她找我商量，但我感覺自己的經驗值應該更低耶。

「我也是一樣喔。」

「……真的嗎？和哥哥也是一樣嗎？將來我和他也可以像妳和哥哥一樣變得要好嗎？」

「……啊～～嗯，那個，啊哈哈哈哈。」

雖然變成乾笑，但美久似乎滿足了，開心說著「謝謝」後站起身。

「那麼，不好意思打擾你們了，加油念書喔。」

結果到最後都沒有解開誤會，這樣真的沒有關係嗎？明明只聊了幾分鐘，卻感覺講了很久，我「呼」地吐出一口氣。原本是想要休息，卻比念書還花腦力。

「啊，瀨戶山同學，對不起中斷了。」

「沒關係啦～美久也很開心。」

總覺得他的回答好有哥哥風範。雖然嘴上那樣說，但他還是很溫柔，如果不是這樣，美久也不會那樣對哥哥說話吧。他在交換日記中也寫了美久會對他曬恩愛，可見兄妹感情很好吧。

我們再次翻開課本繼續念書，我看著他寫答案。他原本頭腦就很好，只是稍微說明一下而已，他多花一點時間就寫出正確答案了。想著「有幫上他真是太好了」的同時，我也沒事做了。

「欸。」

「什麼事？」

「……妳教我英文，那我教妳數學吧？」

「什麼？真的嗎？」

看見我探出上半身被他提議吸引的樣子，他有點驚訝後笑著說：「可以啊。我看妳在圖書室裡看數學，想說妳是不是數學不太好，結果真的不好啊？」

「我真的搞不懂數學，看見一整串數字就頭痛。」

「明明就很簡單啊，那妳念數學吧？不懂的地方就問我，我有不懂的地方也會問妳。」

如果我說全部都不懂，是不是會嚇到他？但應該比起在他身邊一起念英文的效率還高。

我打開了數學課本和題庫。

「嗶嗶嗶」手機鬧鈴響起，我們倆一起抬頭。

「啊～～真是的，七點半了啊。」

「那我差不多該回家了。」

大概是比想像中還專心念書吧，時間一轉眼就過去了。感覺比自己一個人念書進度更好，自己念書時遇到不懂的地方就會立刻闔上筆記本，但瀨戶山同學在身邊會立刻教我，而看見他專心念書，我也不敢偷懶。

把課本塞進書包裡，瀨戶山同學說著「我送妳到公車站」，和我同時起身。

「啊，不用啦，我記得路。」

「我說了要送，妳不用客氣。」

我還想繼續說「但是」，但他像是要阻止我繼續說似的，迅速地走出房間。

「美久，把門鎖好喔，有人按門鈴也不要理。」

「好～～希美姊姊，掰掰。」

「謝謝妳，改天見，打擾了。」

發現我要回家，美久和老奶奶都來門口送我。聽見老奶奶對我說「隨時歡迎妳來」後，我也開心地回答「一定」，但不管怎麼想，她們都誤會我是「女友」了吧，這讓我覺得很過意不去。

讓她們誤會下去真的沒問題嗎？

走到公車站，知道下一班公車要等十分鐘後，瀨戶山同學在長椅上坐下，似乎是要和我一起等公車。坐著不動後體溫迅速下降，樹木在冷風吹拂下發出沙沙聲。

「話說回來，那個啊，美久和奶奶誤會了……」

「哎呀，沒關係吧？妳明天也會來吧？如果每天都來，說什麼她們也不會信。」

我不知所措一問，瀨戶山同學則無所謂地回我。

「這樣啊～～」

說完後，我突然停止動作。

……明天？什麼？明天也要來？什麼？每天？

「妳那什麼臉啊，那還用說，我頭腦又沒好到念一天就能及格，妳數學那種程度也沒辦法吧。」

確實如他所說，我幾乎每一題都要請他教我，但我也沒預想到考試前每天都要一起念書。

「雖然覺得在家裡念書會讓妳費心，也過意不去，但我晚上不能只讓美久和奶奶在家。奶奶身體那樣，如果發生什麼事情，只有美久會讓我擔心。週末我爸會在家所以還好，但平常日就沒辦法了。」

的確，最近發生了許多令人不安的事件，只讓身體不好的老人家和小學女生在家確實讓人擔心。雖然他說是為了做家事才退出社團，但最大的理由或許是不放心吧。如果加入社團，不管再怎麼早，回到家都超過八點了。

「我最討厭忍耐，想說什麼就說什麼，也想做所有想做的事，所以要退出社團時超級不甘願。」

我靜靜聽瀨戶山同學說話。

「我跟我爸吵個不停，那時候啊，奶奶出來袒護我，用那個身體耶。美久也開始有所顧慮，她應該也想在放學後和同學出去玩，但每天都直接回家。然後，我也半自暴自棄地退出社團。雖然已經放棄了，但偶爾還是會想，為什麼我非得忍耐不可啊？」

他接著轉過來看我，他的臉在街燈照射下，讓我覺得「啊啊，好美喔」。

「那時候啊，妳對我說『或許現在辦不到，但將來還能繼續』，讓我心情變得好輕鬆。」

他呼出一口氣笑著。

一想到他竟然是這樣接納我那句話，讓我胸口發熱。

「大家都是幫我想繼續的方法，或是替我感到遺憾，我也是這樣想才會覺得自己在忍耐，但其實也不是那樣。我既沒想成為職業球員，也沒強到能以全國大賽為目標，只是覺得將來有天能再開心踢球就好了。」

他對我露出一如往常的笑容。

別對我這麼笑，我又沒有說出那麼了不起的話，我只是說出模稜兩可的回答而已。明明這樣想，我卻沒辦法從他的臉上移開視線，而他，也沒有從我臉上移開眼。

……不行，我這樣互相凝視是想要幹嘛啊？再這樣下去，我會變得很奇怪。我盡量自然地轉過頭起身。

「有、有點冷耶，要不要喝什麼熱飲？那邊有自動販賣機，我也到你家打擾了，你還教我數學，我請客喔。」

「真的嗎？我要喝我要喝。」

雖然我剛剛已經冷下來的身體，現在完全不冷就是了。

「要喝什麼？茶？還是咖啡之類的比較好啊。」

我一問，瀨戶山同學「嗯～～」的思考後，接著，朝著我咧嘴一笑。

「都好。」

如此說道。

我單獨搭上公車，在最後方的窗邊坐下。窗外的瀨戶山同學看見我，輕輕抬起手，他的手上拿著我給他的咖啡，而我的手中拿著奶茶。

我的胸口還嘈雜地劇烈跳動，瀨戶山同學剛剛的笑容烙印在我腦中，每次回想起都讓我心跳加快。

雙頰好熱。

臉頰，好燙。

怎麼辦啊，明明不行、明明沒有意義、明明沒有用的啊。

公車開動後不久，手機收到新信。『明天見』這簡短的訊息讓我好開心、好痛苦。

……我，喜歡上瀨戶山同學了。

坦率的嫉妒

我有那張ＣＤ喔

下次拿給她幫忙播

有認真念書準備考試嗎？

真期待中午廣播時播出

我得努力避免英文不及格才行啊
考試下週就開始了啊
但結束之後就放假了
妳放假要去哪裡嗎？

一起加油吧～

放假應該會去親戚家吧

學生會的工作也滿多的

去年寒假也是一轉眼就結束了

不小心喜歡上了，喜歡上了一個喜歡了也沒用的人。

今天也一大早把回信放進瀨戶山同學的鞋櫃裡，但回到教室後，卻低頭對著桌子嘆氣。

……為什麼會變成這樣啊。

彷彿代為詮釋我的心情，窗外天空覆蓋著厚重雲層。大概是濕氣重，身體也好沉重，我忍不住嘆氣。吐出來的氣在冷冷的教室中染白，讓我的心情更加沉重。

明明知道瀨戶山同學寫出來的東西都是對江里乃說的話，時至此時才覺得沮喪是怎樣。即使如此，我還是去問了江里乃的計畫後，假裝成江里乃回信。理由已經不是「希望他們兩人可以順利交往」，只是因為不想要被他發現交換日記的對象是我。我只是不想被他發現後，被他討厭。

就算對我露出的那個笑容沒有特別的深意，我也不想失去。

就算這樣做，結果也不會有所不同啊……謊言不可能變成真實，我只是不停拖延、逃避而已。

「……好想結束。」

不管是交換日記、假裝成江里乃，還是喜歡瀨戶山同學的這份心情。

發現自己的心情後，這份心情一夜間瞬間膨脹。

我明明對喜歡上一個人這件事很消極，到底是在何時如此喜歡他了呢？自覺「喜歡他」的心情後，甚至覺得先前對戀愛的各種想法，自己就像個笨蛋一樣。

「早安～～」

江里乃進教室後和我打招呼。

「怎麼啦？妳看起來很沒精神耶。」

「早安，只是睡眠不足啦。」

「在念書嗎？要是太勉強感冒了，可是得不償失耶。」

總是關心朋友、明確說出自己的想法、極為能幹的江里乃。坦率得非常好懂的瀨戶山同學，和表裡如一的江里乃，光想像就覺得他們十分相配，外表也是登對的帥哥美女。我根本比不上。

「……江里乃，妳喜歡怎樣的人啊？」

「咦？幹嘛突然這樣問？用藝人比喻的意思嗎？」

「啊～～嗯，藝人也行，或是什麼個性。」

他們兩人乾脆快一點在一起，這樣我也能放棄了吧，這樣或許比繼續說謊更輕鬆。

「大概是，喜歡我的人吧……」

那種人很多啊，任憑江里乃挑選。如果我是男的，肯定會喜歡上江里乃。

「這樣啊～～」

一邊回應，也一邊嫉妒起受大家關注、受大家喜愛的江里乃。

瀨戶山同學也喜歡江里乃，也就是說，我現在只要說出真話，他們兩人就會在一起。這不是江里乃的錯，我很明白，但雖然明白……卻沒辦法阻止煩躁的心情不停湧出。

瀨戶山同學喜歡上的人，要是不是江里乃就好了。如果這樣，我就不會有機會和他說話，也不會喜歡上他了。

「話說回來，希美妳今天也要念書嗎？」

「啊，嗯，到期末考前……大概每天吧。」

今天是第三天。昨天晚上念書時，我終於搞清楚之前完全不懂的公式，如果瀨戶山同學沒有教我，我大概要放棄了。

瀨戶山同學開始背英文單字，應該沒有我能教他的地方了，但他昨天道別時也對我說「明天見」，所以今天大概也會在圖書室等他，接著到他家去吧。

這個開心又複雜的心情……到底該怎麼處理才好啊？

「是和誰啊？妳最近完全都不和我出去玩。」

「對、對不起啦，考完試後，我們去唱卡拉ＯＫ慶祝吧。」

「真拿妳沒辦法……妳就是守密主義者啊。」

我總之只能「哈哈」一笑。

「就算問妳，妳也不太願意回答。」

連江里乃也這樣想我，讓我心頭刺痛。我不認為自己是守密主義者，但或許大家都是這樣看我的吧。

真希望自己可以和江里乃一樣，大大方方說出各種意見，但我做不到。如果做得到，很多事情就能變得更輕鬆啊。我不如江里乃堅強，江里乃有好多我沒有的東西。

這只是單純的嫉妒，濕黏、黑色的討厭心情在自己心中擴散。好噁心。

「希美？」

「咦、啊，沒事。啊，話說回來，今天現代國文的小考範圍是哪裡啊？」

我慌慌張張露出笑容，拿出課本翻閱轉移話題。

不管江里乃問了幾次我和誰一起念書，我還是沒辦法說出瀨戶山同學的名字。還、不想說。當然交換日記的事情也不能說。

拜託讓我再沉浸在這種狀態一段時間吧。

正因為總有一天會結束，再給我一點時間。

「啊，找到了找到了，黑田！」

第二堂課後的下課時間，聚在優子的位子旁邊時，突然有人喊我的名字，於是我轉過頭去。瀨戶山同學和米田同學站在教室門邊，看著我揮手。

「為、為什麼……」

為什麼會來我們教室啊？

因為他大喊我的名字，因此不只是教室裡的人，連在走廊上的人的視線也全聚集在我身上。自然組的男生，而且還是瀨戶山同學，竟然跑到社會組教室來，還大聲喊女生的名字，大家都充滿好奇地看著我。

瀨戶山同學沒有發現我不知所措，只是大方舉起手，露出笑容朝對上眼的我喊「喲」。

「怎、怎麼了嗎？」

「妳有世界史的資料集嗎？我到處問過了，都沒有人有啊。」

我以為他有急事便急忙跑過去，但這與預想差距甚大的理由讓我一瞬間無法理解，咀嚼後才回答：「有、有啊……」他立刻拜託我借給他。

走廊和教室裡朝我投射而來的視線刺痛我，我好想立刻逃走。為什麼瀨戶山同學可以若無其事啊？是受歡迎的人太習慣受人注目，所以沒有感覺嗎？

只不過，挑在江里乃正好被老師找去，因而不在教室裡的時間真是太好了。我要他等等，回自己的座位翻找抽屜時，優子靠近我，環住我的肩膀。

「什麼啊，你們兩個怎麼變那麼要好啊？」

「……沒有，不是那樣啦。」

優子一臉忍不住想問各種問題的笑容，我只能乾笑回應。等到瀨戶山同學離開後，我應該會被她問東問西吧。但如果是被優子逼問，感覺我應該沒辦法巧妙蒙混過去，不知道有沒有什麼好方法可以避開啊？

「你們兩個人該不會在交往吧？」

「怎、怎麼可能！」

優子靠在我耳邊偷偷問，我卻忍不住大聲回應，更加引起大家的關注。

「但是啊，怎麼可能沒有人有資料集，還讓他特地從自然組大樓跑到這邊來問，這太奇怪了吧？他該不會是喜歡妳吧？」

「只是剛好而已啦，怎、怎麼可能有那種事。」

我否定的同時也在心裡想著「確實如優子所說耶」，瀨戶山同學的朋友很多，應該也能向別班的同學借到吧。

「待會得要妳說個明白才行啊。」

發現我的臉慢慢轉紅的優子，又笑得更不懷好意。就算她要我說明白，我也沒有什麼特別可以說的事情，總之現在得趕快把東西給瀨戶山同學才行。我從抽屜裡拿出資料集，從優子身邊逃往教室門口。

「妳怎麼啦？發燒了嗎？」

「……沒有什麼啦……」

我的臉似乎紅到連瀨戶山同學都吐槽了，但他似乎沒聽見我和優子的對話，那歪頭不解的模樣讓我鬆了一口氣。

在我們說話時，經過瀨戶山同學身後的女生看起來似乎在確認我是誰，感覺好像在被人檢視一般，讓我低下了頭。

「哎呀，算了，阿米，我們走囉～～」

瀨戶山同學轉過頭去，我也朝同一個地方看過去，只見米田同學在走廊上和江里乃說話，大概是剛好碰到從教職員辦公室回來的江里乃吧。但是米田同學為什麼會和江里乃說話啊？他們認識嗎？雖然江里乃和平常沒什麼兩樣，但米田同學看起來好像很害羞。我忍不住看了優子一眼，優子似乎也注意到兩人，緊緊盯著他們看。

而我身邊的瀨戶山同學的視線，則直直看著江里乃。

他在這之前都是這樣看江里乃的嗎？像是其他東西全入不了他視線的眼神，看起來似乎在認真思考什麼事情。他現在是抱著什麼樣的心情看著江里乃和米田同學呢？

該不會來找我借資料集，是為了要見江里乃的藉口吧。這也是當然，稍微抱著奇怪期待而得意忘形的自己好丟臉，我可是最清楚他喜歡江里乃的人耶。

「你們在說什麼啊？」優子音調開朗地介入兩人之間。

「妳別來亂啦！我可是在和崇拜的學生會松本同學說話耶。」

「哇塞，感覺超差的耶。瀨戶山同學在叫你啦，你們快回去、快回去。」

米田同學半開玩笑地對跑去插話的優子抱怨，但在旁邊看著的我可是無比擔心。一想到那萬一是米田同學的真心話，不，就算是玩笑話，對知道優子心意的我來說，就會想著「別說這種話啊」。

「瀨戶，事情辦完了嗎？」

「啊、啊啊，嗯，辦完了。再來就是拿來還了，啊，或者是放……」

「啊、啊！隨時都可以！哪時還都可以啦！」

要是他說出「放學後」，江里乃就會發現和我一起念書的人是瀨戶山同學。我慌慌張張打斷他的話大喊。他真的完全不看周遭狀況，讓人焦急，心臟快承受不住了。

「那，謝啦！」

看見瀨戶山同學與平常無異地拿著書朝我揮手離去，我才舒展眉頭。走在他身邊的米田同學帶著開朗笑容對著我們揮手，雖然不太清楚他是在對誰揮，但總之先輕輕點頭致意就是了。

「希美和瀨戶山同學很要好啊～～啊，是從之前看電影那時開始的嗎？真好，我也去就好了。」

走進教室的江里乃，看著兩人離去的背影，走近我身邊如此低語。「真好」、「我也去就好了」是什麼意思啊？我不知道該怎麼解釋這句話，沒辦法好好接話。只不過，心臟遭受被緊揪住的疼痛襲擊。

「話說回來，江里乃才是，妳和米田很要好嗎？剛剛也很親密地聊天耶。」

優子一臉認真地問江里乃。

「什麼？沒有啊，我第一次和他說話。他只是問我『妳是學生會的松本同學對吧』而已。」

「……只是這樣會聊得那麼開心嗎？」

圍繞在我們身邊的空氣越變越冰冷。

優子並不是懷疑江里乃說的話，只不過一想到米田同學或許喜歡江里乃，就會不自覺在意起他們兩人的關係，即使知道江里乃沒有任何過錯也一樣。

就和我一樣。

「優子，妳在說什麼啊？」

江里乃露出無奈的表情。

「被妳嫉妒我也很頭痛耶，我又不喜歡米田同學。」

「……那種事情誰會知道啊。」

「我不會喜歡上他啦，因為他是妳喜歡的人啊。還是妳在擔心他喜歡我啊？假設他真的喜歡我，那也和我沒有關係，妳找錯對象抱怨了吧。」

「江、江里乃……」

再怎樣也說得太超過了吧，我從旁插嘴，但江里乃毫不在意地繼續說。

「所以啊，妳根本不需要在意我，就算想也沒有用，不想妳也會比較輕鬆吧？」

「……我、我也不想要在意啊，但沒有辦法，就是會在意，就是會嫉妒嘛。」

「所以就說那沒有意義啊。」

可以看出優子無法否認江里乃再正確不過的言論，她咬緊嘴唇，很不甘心地皺起臉來，緊緊握拳的手微微顫抖著。

「……江里乃啊，我從以前就一直覺得，妳真的很沒有神經耶。」

優子瞪了江里乃一眼後，負氣地轉身走回自己的位子。她的腳步帶著怒氣，而江里乃則臉色不改地看著優子的背影。

旁邊的同班同學像在觀察狀況般地看著我們，看見平常要好的我們吵架，大家似乎很困惑。我也不知道該如何是好，一個人驚慌失措地交互看著優子和江里乃。我不知道該對江里乃說什麼，但雖然這樣說，卻也沒辦法邁開腳步去追優子。就在我煩惱之時，上課鐘聲響了。

第三堂課就這樣結束了，江里乃立刻到我身邊來，因為下一堂課要換教室。

「希美，走吧。」

「啊，嗯……」

江里乃的聲音比平常還沒精神。

不知道是不是該說第四堂課要換教室真是太好了，因為我們和優子選了不同的課。走出教室前我偷偷轉頭看了優子，但她背對著我們，根本不看我們一眼，平常她都會開朗地揮手對我們說「路上小心～～」的耶。

「真的有夠麻煩。」

江里乃聳肩低語。

「如果那麼在意，快點去告白不就得了，就算嫉妒我也沒有用啊。」

江里乃說得沒錯，但是，我也很明白那件事情有多困難。向對方說出「喜歡」是非常恐怖的事情。正因為不知道對方的心意，所以需要很大的勇氣才能說出自己的心意。

要是能和江里乃一樣，直接說出自己的真心話就好了，大家肯定都這樣想的，但不是每個人都能做到，事情沒有那麼簡單。

然後，我想優子也很清楚在意沒意義，但即使如此，還是有那種自己也束手無策的心情吧。肯定沒人喜歡這種嫉妒、不滿之類的心情，如果可以不被這種心情控制，大家都想要那樣，因為這樣才能心情平靜地過日子。

「或許是這樣沒錯啦……但是，優子的心情也……」

「……『但是』是怎樣？」

江里乃打斷我的話問道。

「妳也覺得優子才正確嗎？覺得我沒神經嗎？」

「我不是這個意思……」

我也覺得沒神經說得過分了，但江里乃也是如此，她沒必要說成那樣，彷彿否定了優子的心情。但這就是吵架吧，吵架就是這麼一回事。有時候會不小心說出口是心非的話，可能也會說出難聽的話。

「結果，妳到底覺得誰有錯？」

是「誰」呢？

江里乃很正確，但我也不覺得優子有錯。我懂江里乃的心情，也懂優子的心情。也就是說，兩個人都沒有錯。

很少事情只有單方面有錯，要是雙方都能各自退讓一步就好了。她們兩人都沒錯，只是彼此的意見稍微不同，我很喜歡江里乃也很喜歡優子，所以希望她們和好，但我該怎麼對江里乃傳達這份心情才好呢？

就在我煩惱該怎麼說而靜默時，江里乃「唉」地不耐嘆氣。

「希美老是這樣。」

江里乃說著，拉開上課教室的門。

「老是不明確說出自己的意見。」

低語拋下這句話後，就這樣不看我，朝自己的位子走去。

期末考幹嘛不快一點結束啊

我好想在家玩電動，但每天都要念書啊

啊，是今天中午對吧！那首歌！

我很期待喔！

就是說啊

嗯，中午會播喔

選修課時，筆記本就放在抽屜裡，我迅速回信後又把筆記本放回抽屜，桌子上的塗鴉突然闖進我的眼中。長腳足球的插畫旁寫著「我的來世」的標題，接著畫著一個踢球奔跑的小男孩。身上的球衣應該是海外球隊的隊服吧，我在電視上看過，我記得上週好像沒有。

旁邊加上一句「現在雖然沒有辦法，但將來總有一天能實現」。

我之前說過的話留在他心中，這讓我無比開心。

我總是優柔寡斷，只能說出模稜兩可的話。但是，瀨戶山同學像這樣記得我說過的話。

上完課後，我今天自己收好課本和筆記本，朝廣播室衝去。平常上完課江里乃都會說著「辛苦啦，午間廣播路上小心～」幫我收拾東西，但她今天什麼也沒說就先離開了。

這也讓我很難過，但比起這個，我更在意江里乃今天午餐該怎麼辦。今天是我負責廣播的日子，所以沒辦法和她一起吃，而她平常都和優子一起吃。從江里乃的樣子來看，我無法想像她會先道歉，而優子現在的心情也應該還沒辦法和江里乃和好吧。

如此一來，江里乃就得自己一個人吃午餐。一想到會變成那樣，我也沒辦法獨自在廣播室裡悠閒度過。

——「老是不明確說出自己的意見。」

想到江里乃對我說過的話，我覺得「好恐怖」。

但想起瀨戶山同學寫在桌上的塗鴉，我激勵自己，或許我也能做些什麼，希望能做些什麼讓她們兩個稍微和好。雖然我總是只能說出模稜兩可、應付當下的話，但在這之中有些話留在瀨戶山同學心中，那麼我這次或許也能做點什麼。下定決心後，我也決定今天早點結束廣播後，快點回教室。

但在這之前，也得做完最低限度的工作。我拿出一張ＣＤ，播放瀨戶山同學喜歡的歌曲。

希望他聽到這首歌可以感到開心，雖然我現在的心情完全不適合聽死亡金屬，但或許也正適合沮喪時聽，聽著聽著就能湧出「好，我要加油」的心情，雖然聽不太懂歌詞也有種讓人產生幹勁的感覺。

比平常還快吃完飯，播完自己拿來的CD的一首歌、一首喜歡的搖滾樂，還有三首J－POP後就結束廣播。廣播時間比平常還短。

我打開廣播室的門，想著「該不會有信吧」去確認意見箱。

發生什麼事情了？

放在裡面的交換日記，只短短寫著這句話。

他為什麼會知道啊？我沒寫什麼奇怪的話吧。回頭看了看自己的回應，自己沒覺得有哪裡不同。我被他察覺不對勁的事嚇了一跳，也感到有一點開心。明明沒寫什麼，他卻發現不對勁，然後擔心我。這讓我感覺他在背後推了我一把。

總之，得回教室才行。

「好！」我為自己打氣，把廣播室的鑰匙還回去後，就回教室去了。

放學後，今天也和瀨戶山同學約在圖書室見面，然後到他家去念書。

「發生什麼事了？」

瀨戶山同學突然問我，我的身體一震。戰戰兢兢抬起頭，他盯著我看的臉就在我正前方。

「妳今天一直心不在焉耶，光會說『嗯』、『就是啊』，課本也一直停在這一頁，一眼就看出妳不對勁。」

「啊，對、對不起……」

正如他所說，雖然課本攤開，但我一眼也沒看。抵達他家和奶奶、美久打招呼後的對話也完全不記得。

「而且我喊妳好幾次了，妳都完全沒發現。」

「對、對不起……」

我忽視他幾次了啊。這樣一來，一起念書也沒有意義，今天或許先回家比較好吧。

「好！」

下一個瞬間，瀨戶山同學一喊後闔上課本，接著拿走我的課本，把手放在桌上盯著我看。

「我聽妳說，所以說吧。」

就算他要我「說吧」……對他說這種事情或許只是讓他多費心而已。而且對方是他喜歡的江里乃，也和米田同學、優子有關，所以沒辦法深入說明。

「但是……」

「妳擺出那種表情，我會很在意啊。快點說，難以啟齒的地方不明說也沒關係。」

命令的口氣還真有瀨戶山同學的風格呢，我不禁露出微笑。

我先說了「可能會變成很簡略的說明」後才慢慢開口：

「……我的朋友吵架了。」

「不是妳啊。」

「不是我……不對，但是，我可能也算吧……」

廣播結束後回到教室時，優子和江里乃離得很遠。我故作自然地問優子中午發生了什麼事情，才知道江里乃中午說學生會有事，所以沒在教室裡吃午餐。但優子也沒有平常的開朗。

結果江里乃和優子到放學了還是沒說一句話。不僅如此，我和江里乃完全沒對上眼，江里乃肯定在氣我，氣我不選邊站、沒有自己的意見。

明明為自己加油打氣了，卻什麼也做不到，對這樣的自己越來越沮喪。我這種個性，肯定帶給江里乃不好的回憶。

「她們兩個人吵架……我說我能理解她們兩個人的心情，然後就被說『妳果然沒有自己的意見啊』……」

我一直思考「那麼，到底該怎麼做才好」，也思考接下來該怎麼辦，但完全想不出來。

「我自己也知道啊……知道要把自己的心情告訴對方比較好。但我也能明白，沒辦法向對方坦言喜歡，然後因為喜歡而自顧自嫉妒的心情。」

瀨戶山同學一語不發地靜靜聽我說話。

「所以我沒有辦法選邊站，就變成不上不下的狀況了……」

我無力地「哈哈」自嘲一笑後，瀨戶山同學眼神認真地對我說：

「妳把這些事情老實說出來看看啊，就直接把妳不知道該怎麼辦的事情說出口不就好了嗎？因為妳什麼也不說，別人就無法了解妳。如果妳自己不知道，那就直說不知道就好了。聽到妳這樣說，任誰都不會覺得妳沒有自己的意見，至少我現在聽妳說完後，完全不那樣覺得。」

「……但是，沒有說出任何答案耶……」

「假設這邊有道數學題。」

瀨戶山同學突然翻開筆記本，開始講數學，我一頭霧水，總之也只能先回「嗯」，接著他在上面寫上大大的「1」。

「妳看到這個之後有什麼想法？」

「咦？咦？這個應該是答案……」

「會這麼想對吧？但妳不知道我用了哪個公式，怎麼計算的，妳只知道『1』這個答案。」

「唔、嗯。」

還是搞不太清楚，我等他繼續說下去。

「妳寫下了『都好』、『都可以』或是『不知道』等答案後，對方也只知道這些答案。如果妳不說明為什麼會有這個結論，就會讓人覺得『這傢伙只是隨便回答』或是『她什麼也沒想』。所以數學如果沒寫出計算過程，就算答案對了也拿不到分數。」

說到這裡，瀨戶山同學問我：「有聽懂嗎？」

「應該有吧。」

「妳錯在只會在自己的腦袋中轉個不停。全部都說出來，就算答案是『怎樣都好』也沒有關係。」

「……你、你好厲害。」

我忍不住吐出這句話，有一種恍然大悟的感覺。

確實，如果在「都好」之前加上一句「我兩個都喜歡，所以」，整句話的意思也會變得不同。

「嗯，但我會什麼也沒想就說出口就是了。」

「噗哈……那樣不行啦。」

因為他邊笑邊說，我也跟著一起笑。

我直盯著他寫下的「1」看。

我一直想著要給出明確答案才行，但想也想不出答案來，就變成老是先回答「都好」或「都可以」，或者是給出含糊回答，笑著蒙混過去。

但是，原來是這樣，我只要把我為什麼這樣想也全說出來就好了啊。

「謝謝你……我明天再和她們說一次。」

試著說出口吧，試著把剛剛對瀨戶山同學說過的話全部說出口，這樣我或許就能辦到。

和瀨戶山同學聊完後心情變得很輕鬆，我露出笑容，他也滿足地笑了。在眼鏡背後，我看見他的溫柔滿溢而出。

我再次確認，我果然喜歡他啊。

明明知道不可以，無法消除這種心情明明讓我痛苦，但喜歡的心情也讓我的心富足。

「妳有喜歡的人嗎？」

想要重新開始念書而拿起的課本，啪一聲從我手中掉落。

為什麼提這件事？難不成被發現了？咦？我應該沒有說出來吧。

「……啊、咦？」

「因為妳剛剛說妳懂那種喜歡也說不出口的心情。」

「啊、啊啊，沒有了，那個……是之前的，男友的時候。」

這不是謊言。但現在其實是對瀨戶山同學的心情，不過這我當然無法說出口。

「啊～～前男友啊，是學長吧？說甩了妳的。」

「對……就是他……」

這麼說來，我之前稍微提過。想起來就讓我害羞，我為什麼會對喜歡的人說這麼遜的往事啊。

「……我想著，我沒能對他說我喜歡他。」

我邊玩弄頭髮邊低語。

我本來就不擅長這類話題，到目前為止連對江里乃、優子也說不出口。雖然有說我被甩了，但沒對大家說最讓我大受打擊的事情。大家都以為我是被甩了而受到打擊。

說出口就會想起當時的心情，當時那股悲傷心情。我現在對學長沒有留戀，因為知道錯在我，所以稍微有點後悔。

我什麼也沒有回報給矢野學長。

「他對我告白之後開始交往……但我對情侶關係覺得很害羞，也不知道該說什麼才好，所以一直沒辦法好好說話，結果就跟我之前說的一樣，他說我都不說自己的意見，他搞不懂我，就和我分手了。」

我無意義地隨手翻著課本繼續說，雖然知道瀨戶山同學看著我，但我低著頭說話，不想讓他看見我現在的表情。

「但是啊，其實在那之後他對我說他有其他喜歡的人。那不久前我就有預感了，知道他同班有個要好的女生，被甩的真正理由其實是這個。」

「……然後呢？」

雖然是有點冷淡的回應，但他的語氣相當認真。

他催促我繼續說，但我沒辦法好好把話說出口。吞了一口口水，總覺得喉嚨被什麼東西卡住，很痛。

「其實我在他告白前就很在意他，我們很常在一起，距離也很近，但我怕說了會被他討厭，所以什麼也說不出口。」

現在偶爾也會想，如果當時老實說出口，我和學長的關係是不是也能有所不同？為什麼當時的我要拚命隱藏自己在意他的心情，什麼也不說就只會笑呢？為什麼明明心中因為嫉妒而亂成一團，卻故作平靜呢？

「然後啊，被甩的時候，他對我說『我不覺得妳喜歡我』，我回答『我知道了』後，他放棄似地笑著說『我就知道』——我明明喜歡他啊，但我到最後都沒有說出口。」

真的喜歡。因為是初戀，所以有很多不知所措，但即使如此，看見學長溫暖的笑容都讓我喜悅。雖然沒辦法好好對話，但一起共度的時光很開心。被告白之後開始交往，被大家調侃讓我感到害羞，雖然也曾想過應該要拒絕才對，但和學長共度的時光很幸福。我希望可以喜歡上學長喜歡的東西，可以更了解學長然後有更多話題可以聊。

但是，只有我這麼想，他完全沒有發現我的想法，事到如今才對已經喜歡上別人的人說喜歡，也只會讓他困擾，讓自己更悲慘，所以到最後的最後，還是說出懂事的台詞。其實只是因為不想繼續受傷，才對自己和學長說謊。

對什麼也做不好、狡猾又膽小的自己，真的感到相當厭煩。

「妳還喜歡對方嗎？」

「咦、沒有，再怎樣也沒有了，那已經是……很久以前的事了。」

我老實搖頭否認。

大概有一個月的時間，我一直很在意學長，但好幾次看見他和新女友感情要好的模樣，我打從心底想著「真是太好了」，連自己也嚇一跳。看見學長比起和我在一起時更加開心的笑容，這段感情也徹底變成過去，因為我沒有辦法讓學長露出那種笑容。

「那，下一次好好說出口不就好了嗎？只要想著，前男友是不理解妳的個性、笨拙又麻煩的男人，這樣就好了。」

「……是、這樣嗎？」

這種想法也太自私了吧，我肯定也有什麼都沒想，就只是順從學長意見的時候。沒辦法說出口是我自己的問題，他當然無從察覺。而且說起來，這世上可能存在理解這樣的我的人嗎？

「對過往的事情戀戀不捨，沒什麼主見的樣子，真的很有妳的風格。」

胸口刺痛。但事情……確實如他所說。

「妳啊，只要對方強勢一點，大概都拒絕不了吧。」

「……對。」

回想起來，這個讀書會也是突然被他拜託才答應的。瀨戶山同學該不會是明知如此才這樣做吧？但反過來想，這也表示他是在很清楚我的個性之下才和我來往，雖然他對我說過很多次「麻煩」、「很煩躁」，但總是願意聽我說話。

「總之，下次好好說出口吧！喜歡就說喜歡，雖然不知道事情會怎麼發展就是了。」

他不說「事情會順利的」這點讓我有點失笑。

「如果事情不順利，那你會怎麼想？」

「反省，實際上我現在就在反省中。」

「哈哈，你做了什麼啊？」

我呵呵笑著問，他有點彆扭地回「我才不說」後轉過頭去。看來似乎是有什麼丟臉的失敗。他想到就會立刻行動，看起來充滿自信，原來也會發生這種事啊。

「我有時候也會想，應該要再沉穩一點行動才好。」

「嗯。」

「但是我不後悔，因為也有很多『有做真是太好』、『說出口真是太好』的事情。」

瀨戶山同學說完後，他的臉頰染上淡淡粉色。從他有點羞赧的表情，可以察知他口中「有做真是太好」、「說出口真是太好」的事情是什麼。

肯定是江里乃的事情。

感覺我「他是怎樣想我」的淡淡期待，被淋了一頭冷水。

笑彎了眼的瀨戶山同學，肯定回想起和江里乃的交換日記吧。他應該想著「兩人的書信來往就從那封綴成一團的情書開始」，毫不知情書信來往的對象是我。

「……真是太好了呢。」

看見瀨戶山同學的幸福笑容，我的胸口陣陣發痛。雖然自認面帶微笑，但我有沒有好好笑出來呢？胸口苦澀到幾乎無法呼吸，和想起學長時的心情根本無法相比。

「啊啊，是啊。我覺得妳偶爾坦率一點比較好喔，大概不會如妳所想的糟糕。例如中午就播放死亡金屬了啊。」

「啊啊……嗯，把家裡的CD全翻過一遍找出來的。」

「……果然是這樣……嗯，果然很棒呢，死亡金屬。」

瀨戶山同學喜歡的人是江里乃，和假江里乃的交換日記中，他就有著如此開心的表情。

「希望你和江里乃可以順利。」

「……誰知道呢。」

「我會、會替你加油喔。」

騙人的。好痛苦。痛苦到胸口都快撕裂了。

「下一次要把心意告訴喜歡的人」，這種事情怎麼可能做到啊。

因為我喜歡的人，就是瀨戶山同學啊。

什麼事也沒有喔。

昨天中午播放那首歌了呢

英文念得怎樣，有進度嗎？

我真的是滿口謊言。

把昨天晚上寫好的回信放進瀨戶山同學的鞋櫃後，我這樣想。

晚上回到家後收到瀨戶山同學的郵件，上面寫著「不管是對吵架的朋友，還是對妳喜歡的人，今後都要老實說出口啊，妳應該沒有問題的」。我回他「謝謝你，我有勇氣了」。

先別說朋友，我沒辦法老實對「喜歡的人」說出自己的心意，我完全沒有明知沒用還告白的勇氣。

不管交換日記還是郵件，就連和瀨戶山同學的直接對話也全是謊言。謊言與謊言層層堆疊，滿滿都是謊言。這種交換日記到底有什麼意義？這本交換日記裡只有謊言啊。

「該結束了吧……」

乾脆寫上會讓他討厭的回覆，乾脆不再繼續回信了。雖然自暴自棄這樣想，結果我還是寫上回信，一如往常地在早晨把筆記本放進瀨戶山同學的鞋櫃裡。

我已經不知道自己到底想要怎麼做了。

之後，我在寒冷的教室中等待江里乃到來。

邊回想昨天瀨戶山同學對我說過的話，總之先思考我現在該做的事情，要好好把自己所想的事情說出口。我的雙手在桌上緊緊握拳，聽著自己急促的心跳聲。

江里乃在一如往常的時間打開教室門，看見我露出有點嚇一跳的表情，然後迅速別過眼。

瀨戶山同學喜歡的人，江里乃。但是，是我的朋友江里乃。嫉妒、妒恨，以及就算這樣也不會消失的好喜歡的心情，讓我泫然欲泣。

「江里乃。」

我小聲喊她後站起身，江里乃尷尬地慢慢走過來。我身體感到緊張，緊緊咬住牙根。

明明心想得和慢慢靠近我的江里乃說些什麼才行，卻說不出一句話來。距離在我們互相注視中慢慢拉近，接著站到我面前的江里乃朝我低頭。她這出乎我意料之外的行動讓我瞪大眼。

「……希美，對不起，我遷怒到妳身上了。」

「為……為什、麼。」

該道歉的人明明是我才對啊。

如果現在被江里乃視而不見，我肯定沒辦法主動找她說話。但是江里乃直率地說出口，她輕而易舉地做到了我做不到的事情。

「好狡猾。」

我低頭輕語，江里乃說著「對、對不起」，慌慌張張抬起頭。

「明、明明該道歉的人是我……妳卻先道歉。」

「……為什麼啦，妳沒做什麼該道歉的事情啊。」

江里乃有點驚訝後才呵呵笑出來。

我果然很羨慕江里乃，嫉妒瀨戶山同學喜歡的人是她，又漂亮又會念書，還能清楚說出自己的意見，這一切都太狡猾了。

但是，我也好喜歡這樣的江里乃，因為喜歡所以羨慕。

所以我也能理解瀨戶山同學會喜歡上江里乃。

但是……我還是……喜歡瀨戶山同學啊。

我沒辦法替瀨戶山同學的戀情加油。

我不想要結束交換日記，也想繼續和他說話，不想告訴他實話而被他討厭。明明不想要失去現在的關係，但繼續說謊也讓我很難受。所以好痛苦。

我不知道自己到底想要怎麼做了。

不會消失的留言

考試前最後一個週末了
最後衝刺要加油喔～～

考完試後
就是放假、聖誕節和過年了

午休時去意見箱拿瀨戶山同學的回信，接著直接回教室。
「希美，妳去哪了啊？」

「啊，去洗手間。」

江里乃發現我之後，跑過來問我。

優子和江里乃吵架已經經過兩天，我幾乎都和江里乃兩個人一起度過，午餐和下課時間都是兩個人一起。優子和江里乃躲避著彼此，連我也有點不太敢和優子說話。該不會就這樣持續到下週吧？糟糕一點可能到第三學期都還是這樣。真不希望那樣啊。

但我不知道該怎樣才能讓兩人和好。

江里乃三不五時就會看著優子，很在意她。江里乃肯定很想要和好，只是隨著時間過去，越來越不知道該怎麼開口了吧。優子的情緒也比平常低落，我想她應該也是相同的心情。

真的再這樣下去，轉眼間進入期末考週，接著就放寒假了。就在我思考著有沒有什麼好方法時，優子大喊著「江里乃」，全力衝刺跑過來。她突然大喊讓我和江里乃都繃緊了神經。

「對不起！」

優子突然在我們面前低頭，我們倆呆呆看著眼前優子的髮旋，接著互相對視。到底怎麼了啊？

在我們靜默無語時，優子慢慢抬起頭來。

「前一陣子和江里乃吵架，我真的超級不爽。一直很不耐煩、很煩躁……但是想著這樣下去不行……所以我剛剛去告白了！」

「……真的假的？」

我和江里乃異口同聲道。

這是什麼超展開啊？而且一看優子的表情就知道結果了。

「你們兩個決定交往了嗎？」

「哇～～恭喜妳！太好了、太好了呢！」

我如同自己的事情般開心地緊抱優子，優子說著「謝謝！」也抱著我一起跳。江里乃也滿臉笑容地大聲說：「恭喜妳。」

米田同學也喜歡優子啊！嗯，說得也是，如果不是那樣，就不會邀她去看電影了啊。

「優子，太好了呢。」

江里乃笑容燦爛地說著，興奮喧鬧的我和優子停下了動作。接著，優子和江里乃彼此凝視。

「……都多虧江里乃啦。」

「才沒那回事，妳喜歡米田同學，而米田同學也喜歡妳，只是這樣而已吧。」

「嗯～～是這樣說沒錯啦！」

看見優子一如往常地咧嘴笑著，江里乃露出苦笑。但那是非常溫暖的氣氛。

「優子對不起，我說得太過分了。」

「我也是莫名嫉妒妳，對不起。」

「但我覺得妳說我沒神經也說得有點過分了。」

「江里乃也是啊，我覺得妳一點也不體諒人。」

雖然嘴巴上這樣說，但兩人彼此笑著。看見她們這樣，我也跟著笑了。太好了，兩人又和好了。彼此說出想說的話大吵一架，接著老實道歉再和好，真是厲害，我真的覺得好厲害。

我到目前為止，曾經做過這樣的事情嗎？

想都不用想，不管對誰，從沒做過任何事。一想到這裡，我的心情瞬間變沉重了。我怎麼會如此窩囊啊。

「然後啊，米田說他從國中就喜歡我了！」

和好後，優子立刻開始曬恩愛。雖然提起話題的人是江里乃，但優子講完告白時的事情後講起和米田同學之間的回憶，江里乃逐漸顯露出疲態。

「然後～～我們想說今天要一起回家，正確來說，是他說想和我一起回家。」

「太好了太好了。」

這沒有盡頭的氣氛，讓江里乃中途開始邊滑手機邊毫無感情地隨意應和。

「原本是朋友突然變成情侶真的好害羞喔～～但是啊，那也是種幸福啦。」

優子用力拍打江里乃的肩膀，害羞說道。江里乃一臉無言以對的表情，無力一笑。

「真的好羨慕妳啊。」

然後，自言自語般如此低語。

「妳在說什麼啦，妳可是學生會的江里乃耶。不是我自誇，這可是我第一次交男友耶，我才羨慕妳咧。」

「……嗯～～或許這樣說也沒錯吧。」

難得聽見江里乃說出含糊了事的回答，我和優子不可思議地同時歪過腦袋。

「都不長久啊。」

「那是因為妳甩了人家啊？」

「我沒有說過嗎？被甩的人是我，我從來沒有主動提過分手。」

突然脫口而出的真相讓我和優子都嚇到說不出話來，以前根本沒聽她說過。話說回來，難以置信竟然有人甩了江里乃，明明是對方向她告白的，到底是為什麼想要分手啊？

「他們說我和想像中不同。」

「那是什麼理由啊！」

「優子也說過，好像是我說話態度不好……他們說我很任性啊、個性很強勢啊之類的。」

沒想到江里乃竟然被這樣說。因為她分手後總是不怎麼在乎，所以我一直以為是她提分手的。

「像優子這樣可以被一直是朋友的人喜歡上，真的讓人很羨慕。我也很羨慕希美總是能顧慮別人的心情，說話態度溫和。對方光看外表就喜歡上我，然後自顧自地說和他的想像不同，那也很莫名其妙啊。」

「……怎麼這樣……」

才沒這回事，江里乃一直是我的憧憬，甚至嫉妒到討厭起自己來了，現在還是如此，但我沒想到江里乃竟然會羨慕我。

「真希望我也能快一點遇見好男人。」

「江里乃很快就會遇見啦。」

「沒錯沒錯，然後呢，就瘋狂向對方說『喜歡喜歡』！最好像我一樣會嫉妒！」

「那什麼啦……真是的。」

如果瀨戶山同學向妳告白，妳會怎樣？我把差點說出口的這句話吞下肚。

「話說回來，希美呢？結果是怎樣啊？」

「……我什麼事也沒有啊。」

根本不可能說出「我有喜歡的人了」，怎樣都不能說。要是說出來，就算瀨戶山同學向江里乃告白，江里乃也不會和他交往吧。老實說，我也不希望他們兩個人交往，但為什麼又會這樣想呢？

「啊，黑田。」

和優子、江里乃走在走廊上時，有人喊住我。光聽聲音我立刻就知道是誰，但是和先前不同，就算在外面被他喊住我也不太緊張了，但現在江里乃就在旁邊，這讓我不禁著急起來。

「要去哪裡啊？」

「那個，去福利社買個飲料……」

米田同學就在瀨戶山同學旁邊，他立刻跑到優子身邊，兩人很開心地說著「這週末要一起念書」。瀨戶山同學看著他們兩人一陣子後，小聲地在我耳邊說：「真是太好了。」

他大概發現我口中吵架的朋友是她們兩個人了吧，我心情沮喪時他也立刻發現了，他或許相當敏感呢。

「話說回來，黑田，我忘了把資料集還給妳呢。」

「啊，嗯，沒有關係，哪時還都可以。」

我偷偷看了身邊的江里乃一眼，總覺得沒辦法和瀨戶山同學對上眼，就這樣回答道。如果他們兩人現在說話，可能因為什麼關鍵而拆穿交換日記是假的。一想到這裡，我心中充滿不安，心臟劇烈鼓動。

「妳怎麼啦？」

「哇！」

他的手放在我額頭上，強迫我抬頭。我嚇得睜大眼，他的臉就在我面前。

這距離也太近了吧！而且，他的手，在我臉上！不僅如此，他還牢牢抓住我的肩膀。大手的觸感與溫度從額頭上傳來，我的腦袋一片空白，嘴巴像金魚一樣一張一闔。

「什、什……什、麼。」

「妳臉色不太好，我以為妳發燒了，但沒燒啊。」

「沒有、啦！喂，很丟臉、耶……」

我說完後，瀨戶山同學語調輕鬆地說著「啊啊，對不起」然後放開手，但我認為他肯定不覺得抱歉。我從之前就感覺他的肢體接觸也太多了吧，真希望他別對不喜歡的女生做這種動作。

他之所以受女生歡迎，該不會是因為距離太近吧？這絕對會讓很多女生誤會。

「噗哈！妳的臉也太紅了吧。」

他看見應該紅了一張臉的我笑個不停，我忍不住瞪他，他以為是因為誰才變成這樣啊？在人來人往的走廊上這樣摸我，我的臉當然會比蘋果還紅啊。

「掰掰啦。」

瀨戶山同學「砰」地拍了我的背之後，轉過身揮揮手離去。周遭視線集中在被留下的我們身上，讓我感到刺痛又無地自容。他們在這種狀態下離開，我有種被丟下的感覺。

該不會只有我一個人成為關注焦點吧？

變成關注焦點真的讓我很困擾，非常困擾。

江里乃明明也在我旁邊，他為什麼要對我那麼溫柔啊？

「感情好好喔！怎麼？瀨戶山同學先前說『有喜歡的人』，該不會就是希美吧？」

「不、不是不是不是，不是那樣啦！」

優子用手肘頂我，我眼角看著江里乃拚命否定。雖然我這麼在意，但江里乃卻毫無想法，只是和優子一起戲弄我。

瀨戶山同學到底在想什麼啊？被江里乃誤會也沒有關係嗎？

他該不會是希望江里乃吃醋，所以才對我做出那樣的舉動？嗯，肯定是這樣。為了要見江里乃跑來和我說話，甚至還跑到我們教室來。除此之外，也沒有其他的推測了。

明明知道他的行為沒有任何意義，還是不小心就開始期待，誤會著該不會對瀨戶山同學來說，我也是稍微特別的存在吧？

喜悅與痛苦混雜在一起，我的心情緊繃得無法動彈。

考試前到瀨戶山同學家念書變成理所當然的事，沒特別約好也沒傳訊息通知，但我會在圖書室裡等他，他也會來接我。

兩人單獨回家的時間，瀨戶山同學在我眼前戴眼鏡念書的時間，也讓我逐漸習慣，可以與他自然對話了。但是，總覺得今天血壓很高，自從他在學校裡碰了我之後，我的額頭一直維持高熱。

明明都是他害我出現這種心情，他卻與平常無異地盯著課本看。敏銳的他或許對戀愛相當遲鈍吧。

「欸，這個是什麼意思？」

「什麼？啊、那個，這個啊，就是，這個是接續詞，所以是連接這個和這個……」

瀨戶山同學突然抬頭看我，我這才發現自己不知何時呆呆盯著他看，慌慌張張地邊翻課本邊回答。

「那我也可以問嗎？化學的這個是什麼意思啊？」

「嗯？」

教完他之後，我也把課本轉過去問他，他朝我探出上半身，接著不知為何不是看課本而是盯著我看。

「……幹、幹嘛？」

「妳們和好了啊？」

「啊？啊啊，嗯，謝謝你。」

他突然提起完全無關的話題，讓我一瞬間無法理解他在說什麼。

我一回答，他露出在走廊碰到時相同，不對，是更加溫柔的表情對我說：「真是太好了呢。」

他的笑容緊緊揪住我的胸口，我的心臟像被雙手緊緊握住，臉頰又開始發熱，我不禁低下頭。

拜託別對我露出這種表情啊，直直看著我微笑會讓我過度意識啊，這彷彿像是他非常關心我。

為什麼。

「——為什麼，你要對我這麼溫柔……」

「什麼？」

不小心把真心話說出口了。

瀨戶山同學傻眼的音色讓我回過神，時至此時才連忙遮住自己的嘴巴。

我到底是說了什麼啊。重新回想自己的發言，我也知道自己的臉頰越來越紅。光是今天一天，我的臉頰到底要紅到什麼程度啦。

「哈哈，那什麼話啊。」

「那、個……沒有，什麼也沒有……」

瀨戶山同學咯咯笑著。啊啊，真想當沒發生過這回事，真希望時間可以倒轉。

「對妳溫柔有什麼問題嗎？」

這個提問太狡詐了。

我不知道該怎麼回答，啞口無言。

有問題，而且有非常多。但我好高興，而高興就是最嚴重的問題。

緊咬下唇，拚命地將淚水以及快要脫口而出的真心話鎖在心中。我看見他的大掌慢慢伸過來，全身緊繃，他的手握住我右側垂落的頭髮。

「……幹、嘛。」

發顫的聲音出口後，淚水也在眼中凝聚，喉頭一陣緊縮。我慌慌張張閉上嘴把淚水逼回去，現在哭也太莫名其妙了吧。

我皺緊眉頭，緊咬牙根，努力撐大眼瞼不眨眼。我現在的表情一定很怪。

瀨戶山同學握住我的頭髮，一動也不動地直盯著看。他看得太專心讓我無法冷靜，我輕輕抬起頭，和他對上眼。

「話說回來，妳老是綁丸子頭耶。」

「咦，啊、啊啊……因為比較輕鬆。」

啊啊，真是的，我的聲音在發抖。明明想別開眼，但他這樣直盯著我看，讓我全身僵硬無法動彈。我感覺我體內的血液正在沸騰。

「但妳之前放下來了吧？」

……哪時的事啊？總覺得我的腦袋跟不上現在這個狀況，輕飄飄的，思考全面停擺中。房裡的電暖器讓我全身發熱，臉和身體發燙，腦袋就像發燒一樣迷糊。

「之前去看電影那天。」

啊啊，這樣一說，我想起有幹勁到自己也感到丟臉的事情。

想起那天瀨戶山同學對我說的話，他誇獎我「妳真厲害」，但也罵我「好好說出口」，我呆呆想著，總覺得我那時早已喜歡上他了。

之前明明還覺得不擅應對，但為什麼現在，我們兩人會單獨待在房裡，如此近距離對視呢？或許我正在作一場漫長的夢吧，開始頭昏腦脹了。

「放下來不是很好嗎。」

「……你比較喜歡放下來？」

雖然江里乃是短髮，但男孩子果然比較喜歡長髮嗎？

我聽不太懂瀨戶山同學的話中之意，也覺得問這種事情的自己很奇怪。腦袋裡的另外一個自己質問著：「妳問這個要幹嘛啊？」

瀨戶山同學直直盯著我看，「嗯～～」地思考著。

「嗯～～兩種都適合妳吧？」

說完後，彷彿打算要惡作劇的少年般咧嘴一笑，「所以啊，」接著繼續說：「都好。」

我的心臟猛然一跳，微微作痛。

明明想著得放棄才行，明明想著絕對不可以期待，我卻沒辦法阻止喜歡的心情。我不自覺自我陶醉，他的這份溫柔、這樣對我說話、讓我到他家裡，全都因為我是「我」。

「我們可以像這樣說話真是太好了，要不然我就會一直誤會妳了。」

這彷彿在對我告白，然而會這樣想，是因為我已經病入膏肓了嗎？誤會的末期症狀。這些話明明沒有超越字面上的深意啊。

「和自己不同的想法也很有趣呢。」

我無法從瞇細眼睛、把我的頭髮纏繞在手指上的瀨戶山同學身上移開視線。彷彿從頭髮中打入麻醉藥般，感覺也逐漸麻痺。

我們不是可以如此說話的關係。就連現在冷靜想想，我人在瀨戶山同學房間裡這件事都讓我難以置信。如此一想更加沒有真實感，胸膛舒服地「噗通噗通」鼓動，將我帶往夢境。瀨戶山同學的臉在我面前，幾個月前的我根本無法想像，我竟然有機會近距離看他的臉。

瀨戶山同學漂亮的黑眼珠中，倒映著我的身影。我看著他的眼，彷彿要被吸進去。

直到那雙眼逐漸朝我接近，與我的雙眼交疊。

眼睛與眼睛交疊，我的鼻子碰觸瀨戶山同學的眼鏡，接著……我的唇，碰到了溫暖、無法明說是什麼的東西。

眼睛明明睜著，卻無法理解狀況。

這是怎麼一回事？到底是怎麼了？

是時間停止了嗎？或者是我的身體石化了呢？完全無法動彈，連眨眼也辦不到。

當我發現時，我放在桌上的手被他握住，我也同樣握住他的手。閉上眼睛，感覺我在黑暗中被溫暖的東西包裹。

我的心跳聲在房間裡響起。

感覺什麼能夠給予的東西，突然消失不見了。

我不捨地慢慢睜開眼睛，瀨戶山同學就在眼前看著我。他的臉頰稍微染紅。我剛剛什麼也沒看見，大概是因為他的臉靠太近了。

——這也就表示。

我的腦袋瞬間清晰起來，手立刻遮住嘴唇。

剛剛那是什麼？發生什麼事了？

抵在鼻尖的堅硬眼鏡，被碰觸的唇，回想起來都讓我的身體發熱，幾乎要冒煙了。唇上還留有他的餘溫，彷彿不是自己的嘴唇。

「為、為……為什、麼。」

「啊……沒，那個。」

看見我混亂的模樣，瀨戶山同學這才回過神來放開我。

「抱、歉……我不小心……」

和我相同，邊用手遮住嘴邊說。

不小心是什麼意思？「不小心」就吻我了嗎？

我的眼前一片白，熱度一口氣降溫。嘴唇輕顫，緊緊咬住牙根。別哭，不可以哭出來。

「……我、嚇了、一跳。」

我無力地「哈哈」一笑後，瀨戶山同學尷尬地轉過頭去。

「妳也別被牽著走啊。」

接著，低聲如此說道。

那是什麼意思。為什麼要說這種話。我為什麼非得被他這樣說不可啊？明明不小心吻上我的人就是他啊。

我不甘心地泛出淚水，心臟痛得幾乎要壞掉了，彷彿被人用繩索緊緊纏繞綑綁。

「別擔心……我不會、對江里乃、說。應該說是說不出口。」

聲音顫抖，我沒辦法克制。

「這樣、啊。」

瀨戶山同學低著頭小聲呢喃。

這種事情，我不會說喔。沒辦法說。也不想說。

慌慌張張把桌上的課本隨便丟進書包裡，說著「對不起，我要回家了」就站起身。瀨戶山同學當然還是靜默，也沒和平常一樣說「我送妳」，這讓我更想哭了。走出房間，也沒對美久和奶奶打招呼就直接離開他家，當然也沒有人追上來的樣子。

我並不是希望他追上來，但也因此知道，對他來說這只是這種程度的事情而已。為什麼要吻我？

「不小心」……這也太過分了吧。

如果要別開眼露出尷尬表情，那就別這樣做啊。他是那種明明喜歡江里乃，明明不喜歡我，卻會「不小心」吻人的輕浮男子嗎？

抵達公車站時，公車正好到站，我逃跑般衝上公車。在最後方的位子坐下來，調整紊亂的氣息後眼淚滑落。一個人獨處的瞬間，淚水潰堤般湧出，但我也不想要阻止。

瀨戶山同學直直看著我的眼睛，溫柔的微笑和對我說出的讓我開心的話，以及碰觸的唇。

我不想要全部忘記，拚命擦拭自己的嘴唇。這種感覺最好快點消失。

糟糕透頂，我還以為他只是單純喜歡江里乃。我還以為他正如那封信一般，毫無虛假，一心一意地喜歡江里乃。

他肯定也會對其他女生做這種事，所以才老是做些讓人誤會的行為，誤解後得意忘形的我就跟個笨蛋一樣。

我明明知道的啊，他讓我發現，直到這件事發生前，說來說去都是我無法丟棄淡淡期待。

討厭死了，那種傢伙，我討厭死了。

當場發怒是不是比較好，是不是怒罵他太過分、很差勁比較好呢？但是，這些都和我的情緒不貼合。

瀨戶山同學不是吻「我」，只是因為「剛好在那裡」才吻我，我的不甘心更甚悲傷、痛苦更甚憤怒。

——「妳也別被牽著走啊。」

我或許是被牽著走了，但那因為是他，我才會被牽著走，無法移開視線，連動也不能動——那是因為我喜歡他。

「……唔……」

為什麼，他明明喜歡江里乃卻要吻我？

為什麼，他喜歡江里乃啊？

為什麼，不是我？

手機在口袋裡震動，我邊吸鼻子邊拿出來確認。看見瀨戶山同學的名字讓我身體一顫，我小口深呼吸後，擦掉淚水打開信。上面只寫著簡短的文章。

「真的對不起，真的很對不起。」

別這樣道歉啊。

這樣只是讓我感到更加空虛。

要是冷風可以把這份愛戀冰凍起來就好了。

假期結束後，交換日記的下一頁仍是空白。

我根本沒辦法寫下回信，耗費整個週末也想不出一個字。每次一思考，只有淚水不停湧出，腦袋完全無法運轉。

煩惱也沒有用，為了遺忘而拚命念書，但腦海被那個吻占滿，連打開化學課本也辦不到，完全念不下書。結果明明是假日，我卻幾乎不成眠。

別再做這種事情了，全部坦白後結束這一切吧。我這樣想著，好幾次在便條紙上寫著「寫這本交換日記的人是我」的草稿，但每寫一次，文字都會被我的淚水暈染。

就算變成這樣，我還是害怕被瀨戶山同學討厭。一想到他會不會受到打擊就讓我心痛，但一切已經一團亂了，我開始討厭起所有事情來了。

早知道會變成這樣，當初就不該收下情書。一開始明白拒絕就好，知道搞錯人時好好說出口就好了。

數不清第幾次的後悔襲擊著我，但我只是不停兜圈子，完全找不到出口。

為了盡量不要碰見瀨戶山同學，我早上安安靜靜地在教室角落度過，中午吃完午餐後為了獨處，自己到福利社買飲料。

「唉……」

慢慢走在走廊上，用力嘆了一口氣。明天就要期末考了，但我的腦袋完全無法運轉，甚至擔心起到底有沒有問題啊。要是不好好處理這股情緒，感覺很多事情會連帶一起崩毀。

在自動販賣機買完優酪乳後轉身，經過我面前的男生停下腳步轉過頭來。

「啊，黑田同學？」

他喊出我的名字，我轉過頭後發現是米田同學。

雖然不覺得瀨戶山同學會把昨天的事情對誰說，但很有可能對老是玩在一塊的米田同學說。我稍微繃緊身體，總之先低了頭說「你好」，他滿臉笑容回應：「真是太剛好了。」看他的笑容，他大概不知情吧，我鬆了一口氣。

「我現在正想要去你們班打擾呢～～」

「那、個，是要去找優子嗎？」

「對對，但自己一個人去真的有點害臊，正好看見妳真是太幸運了。」

米田同學說完，有點不好意思地搔搔頭。光從這個動作就知道他很喜歡優子，真羨慕優子，喜歡的人也這麼喜歡她。

「話說回來～～瀨戶喜歡的女生，就是妳吧？」

沒頭沒尾的一句話，讓我呆愣看他，米田同學接著像發現什麼事情般「啊」了一聲。

「你們該不會已經在交往了吧？」

「什麼？不是，你弄錯了！才不是這樣！」

我慌慌張張搖頭揮手否認，米田同學立刻垂頭喪氣，露出很失望的表情。

「什麼啊，是這樣嗎？那是快要交往了嗎？」

「才、才不是那樣！而且說起來，我們什麼也沒有……」

瀨戶山同學喜歡的人是江里乃——差點把這句話說出口，我連忙閉嘴，同時想著「喜歡的人是我不知該有多好」，我不只無法死心，還很厚臉皮啊。

「什麼啊～～那到底是誰啦。」

「……你不知道、啊。」

米田同學不知道瀨戶山同學喜歡誰讓我感到很意外，男生不太會聊這些事情嗎？

「那傢伙還挺保密主義的，說什麼告訴我，我只會多事而已。真的很沒禮貌。」

米田同學有點鬧彆扭地嘟起嘴，讓我不禁呵呵一笑。但我稍微能理解瀨戶山同學的心情，雖然沒有惡意，但總感覺讓米田同學知道後，會把事情搞大。

實際上，他現在正對我七嘴八舌啊。

「其實我啊，以為瀨戶喜歡的人是松本同學，因為每次一看見她，他老是一直偷看，就是種男人的直覺啦。」

猜對了。米田同學還真不容小覷呢。

我裝作不知道，回答「是喔」，他又繼續說下去：

「但最近開始覺得好像不太對，他現在和妳很要好對吧？那傢伙雖然和誰都能變成好朋友，但從來沒有和哪個女生特別要好。該怎麼說呢，就是一種不冷不熱的感覺，但他就是那點受歡迎，真讓人不爽。」

「是、是這樣啊。」

明明只是「要好的女性朋友」而已，我的胸口像點了一盞燈般暖了起來。但立刻想起昨天的吻，心情又變得很複雜。

「如果不是妳那會是誰啊，他直接對我說有喜歡的人，所以肯定沒錯啊，我想他應該也告白了……既然什麼也沒說，會不會是不順利啊。」

「是喔……？」

「但是，那傢伙的情緒立刻會表現在態度上，所以要是被甩了，應該馬上看得出來啊。」

米田同學也沒看我的反應，自顧自地說了很多事情。

他果然和瀨戶山同學很要好，看得很仔細。他的想像猜對了大半，但瀨戶山同學似乎沒有告訴他已經告白的事情。我為了別不小心說溜嘴，總之只點頭回應。

「但是啊，那傢伙還挺噁心的耶，那個超受歡迎的帥哥瀨戶山拚了命到處找人，要是女生知道這件事，肯定會驚聲尖叫吧？」

這還是我頭一回聽到。

「到處找人是什麼啊？」

「啊啊，不知道這可不可以說，哎呀算了，感覺妳似乎知道很多事情。」

在我含糊回應後，米田同學似乎發現什麼，呵呵笑著。

「妳也很好懂呢～～」

我還以為他是在毫不知情的狀況下說話，但他似乎察覺到我知道一些事。他開朗的笑容讓人以為他什麼也沒多想，果然是不容小覷。

「好像是在他桌上寫字給他的女生。」

我不禁停下腳步。

「大概半年前吧，他為了足球的事煩惱時，有人回話給他。他說那想法和他完全不同，讓他積極起來，然後開始找是誰寫的。」

足球的事。那是他先前提過，退出足球社時的事情吧。

半年前寫在桌子上的回話，那是怎麼一回事啊？我沒聽到這麼詳細，寫的人或許是江里乃。

但江里乃有時間在瀨戶山同學的桌子上寫東西嗎？如果是選修課時，那就是在我去廣播室之後，替我收拾東西時寫的吧。但我沒辦法想像江里乃會在桌子上回信，單純想，是用那張桌子的我回信的可能性更高，但我不記得了。

話說回來，這件事先前也聽過好幾次了對吧。

如果在桌上留言的人是我，也就表示瀨戶山同學以為那是江里乃寫的。

我有寫嗎？似乎有幾次在桌上的塗鴉旁胡鬧回應的印象，但我完全不記得寫過什麼。

上次聊到足球的事情時，我對瀨戶山同學說「現在做不到，將來也可以做到」，對此他回我「謝謝」。

總覺得已經搞不清楚狀況了，我的心跳急速上升，血液大聲在身體中流動。

我和瀨戶山同學是什麼時候講到足球的啊？

「然後他似乎找到了，我還記得他當時立刻就想告白，大家連忙在旁邊阻止他。聽到他只是因為桌上的留言就喜歡上人家還想立刻告白，正常來說都會想要他冷靜點對吧？那傢伙想到什麼就會立刻行動，跟橫衝直撞的野豬沒兩樣，野豬。」

米田同學沒有發現我茫然呆滯，咯咯笑著繼續說。

「啊，瀨戶！」

走到教室附近時，米田同學突然大喊他的名字，我嚇得一震，慢慢抬起頭，看見在教室前面對面講話的瀨戶山同學，以及江里乃。他們倆有說有笑，接著看向我們這邊。

瀨戶山同學看見我後，一瞬間露出尷尬表情後，才僵硬笑著喊「喲」。

他們兩人聊了什麼？

他們兩人看起來好登對啊。

不明瞭、好在意、不安、喜悅。各種情緒在我心中混雜成一團，我感覺好噁心。漆黑濕黏的什麼東西一點一滴在我身體中膨脹，壓迫我的胸口。那在身體裡迸裂，身心都快要壞掉了。

如此一想，感到地面劇烈搖晃，視線模糊。

藍色的·勇氣

寫下又刪除的憂鬱

我真的在意到無法忍受了，所以直接問了

你，是誰？

不經意，真的是不經意去確認意見箱時，找到這封信。

交換日記明明還在我手上，為什麼我會去看意見箱呢？連自己也感到不可思議，大概是有什麼預感吧。

回過神時，我人躺在保健室裡。

見到瀨戶山同學後的記憶一片空白，第五堂課結束前醒來時，一瞬間搞不清楚我在哪裡、在這邊幹嘛，感覺先前發生的所有事都像夢一場。

聽保健室老師說，我只是睡著了而已，他還無奈地說「妳該不會是念書念過頭，睡眠不足吧」。

江里乃和優子下課時來看我，第六堂課時老師說「妳臉色還很差，繼續睡吧」，就這樣把我留在保健室裡。

覺得不想睡卻睡得很沉，等到短班會結束後被老師叫醒才醒過來。老師為了慎重起見幫我量體溫，確認我沒問題後才讓我自己回家。

繞到教職員辦公室告訴班導師我要回家後，走出辦公室，突然看見廣播室前的意見箱。然後——發現了這封信。

在空無一人的教室中，我盯著收到的信件看。那之後應該過了一小時吧，期末考前，社團活動也暫停的現在，教室悄然無聲。我被包圍在令人錯覺世上只剩我一人的寂靜當中，太陽躲在灰色雲層後，天空和教室裡的昏暗更加深這種感受。

明明看著信件度過這段時間，這句話卻沒辦法進入我腦袋中，我只是呆呆看著文字。太陽逐漸西下，氣溫也慢慢下降，我的腦袋隨著氣溫下降漸漸變得清晰。

瀨戶山同學為什麼突然寫下這封信？「真的在意到無法忍受了」，也就是說他中途就發現交換書信的對象不是江里乃。到底是什麼時候，在哪裡露餡了呢？他中午找江里乃說話，是為了確認這件事嗎？如果是這樣，那他為什麼沉默了一段時間？在先前的對話中，我完全沒發現他已經察覺了，感覺那很不像是他會有的行為。

「……但是，他可能不知道是誰吧。」

我自言自語看著「你，是誰？」的文字，如果瀨戶山同學知道是我，他應該不會寫「誰」，而會直接寫上「是黑田吧？」

或許那和桌子上的留言毫無關係。

從這封信中，我只知道「被拆穿了」。

就算他不知道是「我」，也已經知道「不是江里乃」，事到如今，知道「從何時開始、為什麼會拆穿」也毫無意義。

「……已經，不行了吧。」

淚水慢慢湧出，啊啊，要結束了。

明明很悲傷，明明很不捨，卻也鬆了一口氣。

但事到如今，我心中仍不安著會不會被瀨戶山同學討厭。明明就是只會逃避的膽小鬼，我這才知道原來自己這般不懂得放棄。

在我陷入自我厭惡中趴在桌上時，聽見書包裡傳來手機「嘟嘟嘟」的震動聲，我邊用手背抹去淚水邊拿出手機。

大概是江里乃或優子吧。她們很擔心我，下課時還到保健室來看我，但沒辦法說幾句話，大概還很擔心我吧。

呆呆確認手機，收到七封來信。江里乃和優子各一封，但當我發現剩下五封的寄件人全是瀨戶山同學時，一瞬間痛苦得幾乎窒息。

或許他今天也到圖書室找我了，也可能是揭穿實情後怒罵我的內容。寄了這麼多封信，他肯定有什麼話想說。一想到這裡我就不敢看，手也開始發抖，但我也不能視而不見。

我用力吸一口氣後慢慢吐出來，讓心情冷靜下來後，下定決心咬緊牙根，手指用力從最早的郵件開啟。

「妳昏倒，是、因為我嗎？真的很對不起！」

「身體還好嗎？今天就別念書了，好好休息啊」

「還在休息嗎？明天就要期末考了，可別太勉強啊」

「妳該不會還在氣昨天的事情吧？我向妳道歉啦，回我信啊」

「喂～～別不理我啦～～」

無關緊要的內容讓我忍不住放鬆，眼中又慢慢浮出淚水。

「……還真是笨蛋啊。」

瀨戶山同學真的是個笨蛋。

為什麼要寄這種訊息給我？這樣對我……只會讓我更無法下定決心，讓我想繼續和他傳訊息，想和他說更多話，就算是謊言也好，想要和他繼續寫交換日記。即使他的目標是江里乃，也希望他能對我笑，希望他和我說話。

那個吻明明讓我痛苦得無法忍受，我卻不想忘。我想要稍微抱著一點期待，即使那是誤會也無所謂。

老實說，交換日記根本無所謂。繼續下去也行，結束也沒關係，怎樣都無所謂。就算他不喜歡我也沒關係，只是——我不想要被他討厭，我希望他能一如往常地和我來往。

「對不起，我一直在保健室裡所以沒發現。謝謝你」

傳送後，立刻收到回信。

「喔！明天開始的考試要加油喔」

這內容讓他的笑容立刻浮現在我眼前，讓我變得更加膽怯。

「滴答」。聽到什麼撞擊聲轉過頭去，看見玻璃窗上出現水滴。不一會兒雨水「嘩啦嘩啦」打在窗戶上。看著朝下流瀉的水滴，淚水也從我的眼中滑落。

期末考第一天早晨，天空耀眼晴朗，幾乎沒睡好的眼睛都發痛了，也因此感覺到氣溫比平常更低。

因為白天在學校裡睡覺，加上想著得回信給瀨戶山同學才行，我昨晚完全睡不著。明明知道該道歉，在筆記本面前，手光拿起筆都不停顫抖，完全沒有辦法回信。姑且有為了隔天的考試念書做準備，但也沒什麼自信。

「今天的期末考……沒問題吧……」

邊拖著腳步走，忍不住自言自語低喃。

「希美早安！昨天還好嗎？」

一走進教室，江里乃看見我立刻起身跑過來。

「啊，嗯，謝謝妳。」

我不禁從江里乃身上別開眼回答。江里乃明明沒有錯，我竟然擺出這種態度，她肯定覺得我很奇怪。

彷彿像要沖淡這股氣氛，優子充滿活力的「早安啊！」大聲響起。

「啊、早安……！」

「希美，妳沒事了嗎？」

「嗯，沒事，謝謝妳。江里乃和優子，謝謝妳們。」

吸了一口氣後，我才好好對著江里乃道謝。

「話說回來，結果江里乃是跟瀨戶山同學說了什麼啊？」

「咦？啊啊，昨天嗎？只是擦身而過，他向我搭話而已。」

我在自己的位子上坐下，拿出第一堂考試科目的課本，意識卻被兩人的對話拉走。

「哦～～很可疑喔～～米田想要約妳，該不會是因為瀨戶山同學在意妳之類的吧？」

「怎麼可能，沒說什麼啊，就稍微打招呼而已。」

胸口開始陣陣作痛，眼前課本上的字，完全沒辦法讀進腦袋裡。江里乃說的「只是打招呼」大概不是謊言，我不認為江里乃會隱瞞這種事。瀨戶山同學肯定知道交換日記的對象不是江里乃，才會直接找她說話，一定是發現和她說話也沒關係，因為那個日記的內容全是謊言啊。

瀨戶山同學接下來肯定會直接追求江里乃吧。

「希美也覺得很可疑吧？」

「啊、唔、嗯，你們很相襯……應該不錯吧。」

我邊祈禱自己的笑容自然，說出口是心非的話。啊啊，好痛。自己被自己的謊言所傷是要怎樣啦。

「真是的，妳們兩個幹嘛亂說話啦。」

江里乃沒錯，正如江里乃先前對優子說過的，嫉妒她是找錯對象，毫無意義。

我明白，明明很明白，還是會嫉妒江里乃。我好羨慕她被瀨戶山同學喜歡，但我沒辦法和優子一樣直接對江里乃表現出來，當然也沒辦法對瀨戶山同學表現出來。我只能裝作什麼事也沒發生，強裝平靜。

他們兩人大概再過不久就會迎接美好結局吧。

米田同學口中在桌上留言的人，不管是不是我，肯定都已經沒有關係了。那或許是契機，但以為是江里乃的瀨戶山同學，在那之後應該都看著江里乃。剛開始交換日記時，他曾寫過「妳有自我意志」，那無庸置疑是對江里乃說的話。

瀨戶山同學是連對我這種麻煩個性的人也說話溫柔的人，如果對方是江里乃，他肯定會更加、更加溫柔。不管在誰眼中，他們兩人站在一起的模樣都很登對吧。比起和我站在一起，絕對更加、更加好看。

我掩蓋起自己的心情，不斷在腦海中對自己洗腦。

鐘聲響起，期末考開始了。

今天考三科，從第一堂課到第三堂課的考試好不容易結束了，不過不能太期待成績就是了。

考試第一天，江里乃似乎就被學生會叫出去，所以我單獨離開教室。而優子當然是和米田同學一起回家。

雖然有很多事情得思考，但現在總之得先念書才行。

「黑田！」

在我即將步出校門時，瀨戶山同學大聲喊住我。我不知所措、戰戰兢兢地轉過頭，看見他從鞋櫃處朝我跑過來。

「喲！考試有考好嗎？」

「啊、嗯……大概……差不多吧。」

瀨戶山同學帶著不變的笑容，和我並肩行走。

我不想見他，但是見到面又好開心。他找我說話也讓我好開心。只不過，過於尋常的狀況讓我心情變得複雜。那讓我重新認知，那個吻對他來說真的只是微不足道的小事。

我無法直視他，呆呆地看著自己的腳尖回答。

「那、個。」

聽見瀨戶山同學難得吞吞吐吐，我抬起頭。

「之前那個……妳是不是、很在意、啊……」

「……沒、沒有，完全沒有！」

我瞬間反應他在說那個吻，用力搖頭。雖然正好就在意起這件事，但說出口也太悲哀了吧。因為在意的只有我一個啊，而且，我也不想要再聽到他說「不小心吻了妳，對不起」。

我知道他吻我根本毫無意義，我已經很明白了，所以拜託別再說了。

「……但是。」

「已經夠了，什麼也沒有、啦，什麼也沒有……」

這樣想比較實際，但我也知道自己回想起那個吻而臉頰泛紅，趕緊低下頭遮掩。那種毫無意義的行為，和沒做過無異。為了沒發生過的事情變成這樣也太奇怪了，因為根本沒發生過啊。

聽到我這樣說，瀨戶山同學不發一語。

拜託快點到車站，想快點和瀨戶山同學道別，但是又想和他在一起久一點。我的心情充滿矛盾。

我們就這樣沒有對話，在沉重的氣氛中並肩走著。抵達車站，搭上往大阪難波方向的電車後，瀨戶山同學開口：

「……那、個。今天，要來念書嗎？」

「……不，今天、還、有點……」

聽見他嘰嘰咕咕低語，我也輕聲回答。

怎麼有辦法用這種心情去他家，他又是用怎樣的心情約我啊。我很開心他把我當成關係良好的朋友，但他的行為也明白告訴我他只把我當朋友，讓我好痛苦。

「這樣啊……說得也是，嗯，好好休息喔。」

「……謝謝你。」

「噗咻」，電車門在大和西大寺站打開後，我立刻走下電車。轉頭一看，只見瀨戶山同學好像想說什麼，但他只說了「那、再見」，朝我揮揮手。

車門關上，電車緩緩開動，不知為何，我和瀨戶山同學仍凝視著彼此。

說了一個謊。

接著就要為了圓謊再說一個謊。

惡性循環下，謊言越變越沉重。我就這樣隨波逐流不停說謊，連自己也無法停止。

我到底要走到哪裡呢？到底會抵達何處呢？

將來有天，或許我會被謊言的重量壓垮吧。

對不起

我已經不想繼續說謊了。昨天晚上終於下定決心，用細小文字只寫下這句話。因為手不停顫抖，文字顯得扭曲。

已經不得不結束了，已經沒辦法繼續隱瞞了。

得好好結束才行。

明明下定決心了，把筆記本放進鞋櫃裡的手卻在顫抖。對仍在迷惘的自己感到不耐，我緊咬下唇。慢慢把筆記本放進瀨戶山同學的鞋櫃裡後，用力關上門緊閉雙眼。

沒錯，這樣就好了。

不這樣做，不行啊。

在軟弱的自己再度跑出來之前，我轉身快步朝教室走去。接著在自己的位子上坐下，身體才終於對自己順利給出去筆記本而放鬆。

其實我原本想在交換日記上回信，但怎樣都沒辦法寫在那本筆記本上，所以寫在活頁紙上。

雖然滿是謊言，但那對我來說是充滿開心回憶的交換日記。我不想在那本筆記本上寫下結束的話語，感覺這會讓我和瀨戶山同學之間的一切全變成謊言，全部消失，所以我把回信的活頁紙夾在交換日記中。

彷彿謊言交疊出來的交換日記，瀨戶山同學或許根本不想要吧。可以的話，我想要收藏起來當作回憶。但是，那不是我該拿的東西。

我利用他沒發現書信往來對象是誰這點，沒寫上自己的名字。而且還只寫了一句「對不起」，我不認為這種東西可以把自己堆積起來的謊言一筆勾銷。

直到最後，我都很狡詐。

「我真的糟透了……」

「哼」一聲自嘲一笑，與之同時，口袋裡的手機震動，通知我收到新信。

寄信人是瀨戶山同學。

「身體好多了嗎？」

他相信昨天的謊言，擔心我傳訊問我，是因為身為朋友而關心我。我至少想維持這個關係，不想要失去。做朋友就好了，就算他喜歡江里乃也沒有關係。

就算喜歡的人不喜歡我也沒有關係——至少，我不想被他討厭。

飛越一跳

別開玩笑了

期末考第三天，第三堂課要考選修科目，所以我們移動到上課教室考試。一如往常在瀨戶山同學的座位坐下，接著從空無一物的抽屜裡發現那張紙條。

我的眼前一片白——之後的事情幾乎沒有記憶。

想哭的心情脹滿心胸，就在完全沒辦法專注考試的情況下聽到結束鐘聲。

我看著幾乎空白的答案卷，想著「瀨戶山同學還特地教我數學耶」，這下肯定不及格了。

但不管怎樣，現在腦袋裡仍被瀨戶山同學的信占滿。「別開玩笑了」，將憤怒表露無遺的話，胡亂書寫的粗大文字，我感覺他看穿了我的狡詐，讓我感到羞愧得想逃離教室。

淚水不小心湧出，我慌慌張張用力搓揉眼睛。

得趕在瀨戶山同學他們回到教室前離開才行，我這樣想，探頭看抽屜要拿出課本和筆記本時，一個塗鴉闖進我的視線裡。抽屜內側右邊，用油性筆寫下的小字。平常應該很難察覺吧，收信時無暇注意，所以沒有發現。

「為什麼我非得忍耐不可啊」

「為什麼不能做想做的事情啊」

上面這樣寫著。明明只是一串小字，卻明顯感受到其中的不耐，那是他的吶喊。而在下方，有更小的文字留下什麼，字跡淡到幾乎就要消失的留言。

「希望你將來有天可以盡情去做」

——我想起來了。

這是我寫的，是我的字。

坐這個位子沒多久時，我發現這段文字，感受到桌子的主人拚命忍耐的心情，所以很想要回應什麼。那是我會說出的，沒有明確答案也沒有明確建議的回答。

只是想著，希望能讓他的心情稍微輕鬆一點。

米田同學口中的塗鴉大概就是這個吧。看見這個之後，瀨戶山同學還特地尋找是誰寫的。

接著，他以為是江里乃寫的。

因為我平常有廣播委員的工作，總是第一個離開教室，然後江里乃會替我收拾東西一起帶回教室。他肯定是看見那一幕了。

然後，喜歡上江里乃。

……如果。

如果他發現寫這段話的人是我，他會喜歡上我嗎？他也會如同喜歡上江里乃一般喜歡上我嗎？

我如此想著安慰自己，但明明只是更加空虛而已啊。他口中「妳很有自我意志」說的明明就不是我。

他對我說的是「別開玩笑了」。

沒辦法老實坦白，但我也沒堅強到能繼續說謊，我只是個卑鄙小人。

「……希美？」

看見我低著頭一動也不動，江里乃擔心地喊我。聽見她的聲音，我忍耐至此的心情全化作淚水，無可抑止地流出。

「怎、怎麼了！那個，總之、總之先回教室吧！」

「江、里乃……」

難得慌張的江里乃，牽起哭泣的我往外走，還邊遮住我不讓其他人看見我在哭。淚腺大概壞掉了吧，我無法止住淚水。

任江里乃牽著走，發現時已經在學生會室前了。

「這邊沒有人會來，那麼，發生什麼事了？」

打開門鎖進入房間，江里乃轉過身來面對我，探看我的臉。我止不住淚水也止不住抽噎。

「……我、我被討厭了。」

實際上，瀨戶山同學應該還不知道交換日記的對象是我。就算抽屜裡的留言和一起回家時說過的話相同，他或許也會以為是巧合。如果不是這樣，他不會現在還來找我說話。

但那封信不折不扣是寫給「我」的。

和他交換日記到現在的「我」被他討厭了。

就算瀨戶山同學還會來找我說話，但我沒有辦法無視這個事實，若無其事地和他要好說話。

「因為……我是個騙子……」

江里乃只是靜靜地聽我邊抽噎邊說話。

一說出口，淚水流得更急更快，不管用手背怎麼擦，淚水仍不停湧出。

「……我不知道、到底、該怎麼、辦才好了……」

我怕得一步也跨不出去，無法動彈。

因為老是不選邊站，老是沒有自己的主見，才會讓事情變成這樣。總是窺探著身邊人的臉色過活，四面討好大家，養出逃避的習慣了。

「說謊、隱瞞……被發現後被討厭了……」

「雖然我不知道詳情，但他本人直接對妳說討厭妳了嗎？」

「……雖然沒有說，但他肯定這樣想。」

「他很了解妳嗎？」

「……嗯……」

「那就不用擔心了，我保證。他可能很生氣，但絕對不會討厭妳。」

江里乃溫柔地笑著如此斷言。

「因為他知道妳的謊言總是那麼溫柔，如果他了解妳，就算妳說謊，他也不會因此討厭妳。因為我就會想應該有什麼理由，妳不會為了傷人而說謊啊。」

為什麼，會這麼想我呢？

看見江里乃自信滿滿的微笑，感覺不停滑落的淚水稍微止住了。

「妳平常說的話啊，有時候也讓我覺得『希美該不會是在勉強自己吧』，但那不是謊言，對吧？真要說，希美總是很老實啊。」

「……才沒有……」

「就算那是謊言，我還是覺得妳的謊言很溫柔。」

江里乃在學生會室的椅子上坐下，接著要我坐在旁邊的椅子上。遠遠聽見鐘聲響起，但江里乃像沒聽見般又繼續說。

「妳確實有很容易被其他人的意見牽著走，想要四面討好的地方。但是妳從不會說別人壞話，不管我在抱怨誰，也絕對不會一起附和，不會否定別人的意見，我覺得妳這點很厲害。」

接著，江里乃對我說出她認識的我。

「重視身邊的人更甚於自己。」

「絕對不會說出傷人的謊言。」

「只是以其他人的心情為優先而已。」

我原本想說「妳過度誇獎我了」，但江里乃自信滿滿地對我笑著說：「對吧？不管妳怎麼想妳自己，我都覺得妳是這樣，這樣就好了，所以這就是正確答案！」

江里乃極有自信地說著，之後「嗯～～」的思考後，又加上一句：

「但是，偶爾啊，會讓我覺得很不耐煩啦。因為妳什麼也不說，所以大家也就不客氣了啊～～我覺得妳偶爾也要強勢一點，說出自己的意見比較好。」

接著，直直看著我對我說：

「所以啊，希美，妳偶爾也可以把想說的話說出來喔。

「那個生妳氣的人，如果很了解妳，肯定沒有討厭妳。妳把心裡所想的事情全部說出口，他一定會原諒妳。」

我總是把真心話吞下去，逃避好好把重要的事情說出口。自己喜歡的音樂、喜歡的食物、我會說「都好」的理由，都因為在意著要配合對方，一直以為這些都不能說出口。

矢野學長那時也是如此，和他交往時，我曾經說過一次自己的心情嗎？就連「因為害羞所以沒辦法好好說話」的心情也沒說出口過，分手時也是什麼都沒說。明明知情卻裝作不知道，只是等著對方給出答案。因為害怕受傷而不說出自己的心情，不採取任何行動，把最後的決定權交給對方，自己不停逃避。

今後我還會不停重複相同事情嗎？

在我自問後，淚水終於止住了。

「我……其實很嫉妒妳……一直很羨慕妳……」

「什麼～～那什麼啊，我還比較嫉妒妳耶。我很常因為言論正確就直接說出口，討論時也會強硬下結論，所以大家都會在背後討厭我、說我壞話。在學生會裡也被說我做事時會把對方逼入絕境之類的。但是，大家都喜歡妳啊。」

是這樣嗎？就我來看，江里乃比我還要受大家歡迎啊。

「但、但是，我偶爾會想，說法稍微委婉一點會比較好吧。」

我用力吞了一口口水後，才小聲說出口。心臟劇烈鼓動，這或許是我第一次對人說出意見。

江里乃露出驚訝表情。就在我開始著急「這種話果然不能說出口」時，「噗哈哈哈哈哈！」江里乃的笑聲突然在房間裡響起。

「哎呀，什麼嘛，原來妳也這樣想啊！」

江里乃咯咯笑著，不停拍打我的肩膀。

「我雖然有自覺，但連妳也這樣說，我好像該認真想想才可以了，我的說話方法果然太直接了。」

江里乃豪爽的反應讓我不知如何是好，我手足無措時，江里乃倏然止住笑，對我說「謝謝」。

「謝謝妳對我說，我很開心妳可以這樣老實說出自己的心情。」

出乎我意料外的道謝，換成我嚇得張開嘴。

「妳偶爾也可以對優子和其他朋友老實說出自己的心情，讓自己輕鬆點喔。不用一直配合身邊的人也沒關係，別擔心，大家都了解妳，所以不會生氣，也不會奇怪誤會。至少我不會因為這樣就討厭妳，但是偶爾也可能會抱怨一下啦。」

說完後，她對我靦腆一笑。

這麼說來，優子和江里乃的吵架，就是彼此說出真心話。彼此說出難聽的話之後，雖然冷戰了好幾天，但還是又和好互相說笑。那時候，我覺得這種關係真好。笑著說想說的事情，偶爾吵吵架，想說什麼就說什麼的關係。

和江里乃當好朋友一年半，我現在才第一次感覺到我和她真的變成想說什麼就說什麼的朋友了。

「……謝謝、妳。」

方才那股難以忍受的痛苦心情從我身體抽開，留下的——是決心。

江里乃起身說著「差不多該走了」，我也一起站起來。

回到教室時，短班會已經結束，班上同學半數以上都回家了。還沒回家的優子看見我們，驚訝地跑過來。

「妳們倆去哪了啊？老師在找妳們耶。」

「哇——真的假的，只是稍微去喘口氣。」

好幾個平常總是在一起的朋友還留在教室裡，該不會是在等我們回來吧。

優子看著我溫柔地說：「嗯，偶爾也是要喘口氣啦。」她一定發現我通紅的眼睛了吧，但她裝作沒有發現，這溫柔的謊言，讓我好開心。

「那個啊……」

優子說「那麼，來回家吧！」開始收拾書包，其他人則早已做好回家準備，正打算要走出教室，這時我小聲喊住大家。看見大家轉過頭來的臉，我吞吞口水，擠出勇氣：

「其實啊，午間廣播的音樂，那是我的興趣。」

我一直向大家說謊。

現在想想，那也不需要隱瞞，笑著說就好了啊。我因為害怕而含糊笑著扯謊，結果反覆說了幾次相同的謊言。明明是自己說謊不對，但只要聊起這個話題都讓我感覺到痛苦。

我為什麼會這麼自私啊。

「搖滾樂和死亡金屬，都是因為我喜歡才播的，一直瞞著大家，對不、起。」

我怎麼會做那種蠢事，覺得好羞愧，又開始泛淚，我低下頭。

「……妳、妳為什麼不早一點說啦！」

優子突然驚聲大叫，我還以為她生氣了，但她不知如何是好地扭曲表情，我搞不清楚她現在的心情。

「咦、咦？」

「害我之前那樣嘲笑耶！如果知道是妳喜歡的東西，我就不會說成那樣了啊！啊，所以是我害的啊，讓妳更說不出口了吧？對不起！」

什麼？為什麼優子要向我道歉？

「噗哈，啊哈哈哈哈哈！」

優子突然道歉讓我瞪大了眼睛，江里乃大概忍無可忍了吧，她豪邁大笑起來。

「我早就發現了，那大概是希美的興趣。」

「咦？真的假的？是怎樣啦，搞得好像我們很遲鈍一樣！」

「是沒錯啊？」

把呆站的我置之不理，大家開始熱烈討論。超越我想像的歡樂氣氛，讓我完全被拋在一旁。我不太能理解現在是什麼狀況，只是默不吭聲地站在一旁。背突然被拍了一下，身旁的江里乃揚起嘴角對我說：「看吧。」

我真的是個笨蛋、膽小鬼，完全沒有好好關注大家。

之前到底是在害怕什麼，明明是這麼簡單的事情啊。不對，就算她們知道是我喜歡的事情還加以否定，那也不是需要在意的事。

我知道緊緊纏繞在身上，讓自己無法動彈的沉重謊言枷鎖，正一點一滴崩解。

我的身體和心靈輕盈得感覺下一秒就要飄起來了。

無論何時，都是我把自己五花大綁了。

回到家，我把瀨戶山同學的信攤開放在桌上。

一想到我或許傷了他，我的手還是會發顫。

但比起繼續說謊，我現在寧願被他討厭。繼續說謊、隱瞞下去，我只會更討厭自己。

我慢慢回想到目前為止和瀨戶山同學之間的互動與對話，音樂的事情、家人的事情、喜歡的學科和假日的事情。

對不起。

說過的話以及留下的文字，其實全部都是謊言。

我輕碰嘴唇，回想起和他之間的吻。不管是什麼理由，那個吻對我來說真實存在。一這樣想，就覺得那天是無可取代的寶物。

嗯，我……很開心呢。

——「下次好好說出口吧？喜歡就說喜歡，雖然不知道事情會怎麼發展啦。」

我想起他對我說過的話。

我對他說謊的事實無法改變，那麼，我不想要再逃避了。

江里乃和瀨戶山同學都認同我了。我以為自己只是隨波逐流、沒有主見的人，但他們對我說「妳才不是」，他們這樣對我說呢。我不想要繼續背叛他們。

從抽屜裡拿出信紙，我緊握住筆。

在純白的紙上，寫下「我的」文字。

純白的・真心話

純黑的信

對不起

對不起，一直對你說謊

收到第一封信回信後，

我才知道那是寫給江里乃的，然後說不出口……

就這樣繼續和你交換日記

一直和你書信來往的人是我，黑田希美

我想就算我道歉你也不會原諒我，但真的很對不起

和你交換日記真的很開心
雖然滿是謊言，即使如此，還是很開心……

和你變得更要好後
讓我更是說不出口了
對不起，因為不想被你討厭而繼續說謊

真的很開心

下一次，你要確實向江里乃表達心意喔
我會替你加油

謝謝你
對不起

黑田　希美

期末考最後一天的第五天。
我週末幾乎全花在回信上，重寫了好幾次才好不容易寫好的最後回信。早上到學校，一如往常地把信放進瀨戶山同學的鞋櫃裡。
真實存在，第一封也是最後一封，「真正的我」的回信。
不，但是。
「……只有一件事，是謊言。」
我邊走回教室，小聲低喃後苦笑。
說會替他和江里乃加油的那句話，果然還是謊言。不至於「希望他們不順利」，但我還沒有辦法替他們加油。
但是希望他能原諒我最後稍微逞強。
雖然很痛苦、很悲傷，但我身心都很輕盈。
其實我原本想在週五早上回信，但我不知道如果碰面了我該怎麼辦才好，即使知道這樣很狡詐，我還是決定期末考最後一天的今天回信給他。

今天結束後，到結業式前都是放假。接著開始放寒假，再怎麼早，都要等到明年的第三學期才會和瀨戶山同學碰面。雖然也想過放學後再放或許比較好，但大家的放學時間相同，鞋櫃那邊人會很多。而且今天已經和大家約好，考完試後要一起出去玩。

當然，今天或結業式那天可能會碰到瀨戶山同學。那就沒有辦法了，因為自己有錯在先，這也只能作好覺悟，總不能一直逃避下去。

像這樣早上提早上學，邊環視四周，緊張地將回信放進瀨戶山同學鞋櫃的日子，也在今天劃下句點了。

像之前那樣在走廊上碰面，他也不會再和我打招呼，再也不會對我露出那個笑容了。

我緊緊咬牙，抬起不知何時緊盯著地面看的臉。接著，在還沒有學生出現的寧靜走廊上，無聲，也不擦拭流過臉頰的淚水，看著前方邁步。

將近年底的十二月，走廊被冰涼的冷空氣包圍，感覺淚水也如同冰塊般冰涼。

但是，陽光十分溫暖。

宣告所有考試結束的鐘聲響起。

「太棒了！考完了！」

老師收完考卷才剛走出教室，大家立刻歡聲雷動，雖然也參雜著幾個同學的驚聲哀號。今天是我擅長的英文和家政科考試，感覺是這五天來唯一一天專心於考試。

「卡拉ＯＫ應該很多人吧～～」

「但總之肚子餓了！去唱卡拉ＯＫ沒辦法填飽肚子啊。」

約好要去唱卡拉ＯＫ的五個人一起討論接下來的行程，確實是肚子餓了，但要是不早點去，卡拉ＯＫ可能會客滿。該怎麼辦才好呢？

「希美呢？」

優子開口問我意見。

如果是之前，我應該會回答「都好」，但是——

「那、那個，車站另一邊的卡拉ＯＫ呢？那邊離車站有一段距離，可能沒那麼多人，我們吃完午餐再去應該也還來得及。」

我鼓起勇氣提議後，大家的視線全集中在我身上。

「這主意不錯耶！」

優子大聲說「就這樣決定！」我鬆了一口氣，想著有說出口真是太好了。

想到瀨戶山同學還是讓我心痛，但大家在我身邊，要是自己一個人回家，我肯定會憂鬱得不斷想這些事吧。

「啊～～好想快一點大叫！」

優子用今天最大的音量大喊。

「這麼說來，優子不和米田同學出去嗎？」

「反正寒假也會見面，今天朋友優先！」

優子「欸嘿嘿」開心說著，大家一臉不悅地紛紛抱怨「禁止曬恩愛！」「好煩喔～～」

就在此時。

「黑田！！！！！！！！」

——碰！至今未曾聽過的開門聲巨響，傳遍整間教室。

上一秒仍喧鬧的教室，頓時悄然無聲。

話說回來，剛剛、有人喊我的名字，對吧？

我不知道發生什麼事情，戒慎恐懼地轉過頭，任誰一看都能看出極度憤怒、一臉恐怖表情的瀨戶山同學就站在那裡瞪著我。

……他在、生氣。

他手中握著我寫的信，原因一目了然。他對騙他的人是我，這一切都是謊言感到憤慨。

但我完全沒想到他竟然會直接找來教室，所以只能呆呆看著他。優子和江里乃看著我和瀨戶山同學，表情寫著「怎麼一回事啊？」

瀨戶山同學往教室看了一圈發現我之後，毫不客氣地走進教室，站在我面前居高俯視我。

瀨戶山同學那至今未曾見過的銳利視線，讓我縮起身體，我害怕得好想逃跑，但還是緊緊握拳看著他。

被他斥責也沒有辦法，因為我做了理所當然會被罵的事情。

「那、那個。」

「妳這是什麼意思？」

我才開口，他打斷我的話，在我面前晃動今天早上交給他的信。低沉的聲音重重壓在我的身上。

「……那個是，就是、真……真相……」

「這個？妳啊，真的別開玩笑了！」

冰冷視線狠狠刺在我頭上。

正當我想低頭對他說「對不起」時，聽見紙張碎裂的聲音。我寫的信四分五裂，變小的信紙碎片輕飄飄地在我面前落地。

「對、不……」

別哭。
不可以哭。
雖然這樣想，但無法壓抑的淚水慢慢湧出，聲音也在發抖。
教室裡的同學全部不發一語，屏息看著我和瀨戶山同學。
「真是夠了，我沒辦法繼續配合妳，配合不下去了。妳擅自結束個屁啊！妳以為我是為了什麼，千方百計想讓妳說出口啊！」
他的怒吼聲，讓我身體一震緊閉眼睛。我縮成一團反芻他說出口的話之後，「嗯？」歪過腦袋。
「妳當真以為我真的沒有發現嗎？我老早就發現了。正確來說，妳超級不會說謊，早就全混在一起了。我只是裝作沒有發現啦，笨蛋！」
「為、為什、麼……」
怎、怎麼一回事？我聽不懂他在說什麼，表示他早就知道是我在和他交換日記嗎？什麼時候發現的？不對，更重要的是，那他為什麼裝作不知情還繼續找我說話呢？為什麼還繼續和我交換日記？因為他直接問「你是誰？」了啊，這不是表示他沒發現是我嗎？
我的腦袋一片混亂，一句話也說不出口。

「妳為什麼沒有發現，我喜歡的人是妳啊！」

上一秒還一片寂靜的教室，突然響起「什麼！」「真的假的啊！」的驚呼聲，一口氣變得喧鬧，還能聽見男生調侃的聲音。在我身邊的江里乃等人，也興奮地拍打我的身體喊著「喂！」

等等，我聽不懂。喜歡的人……是妳？

那是，說我嗎？這表示瀨戶山同學……喜歡我？

看著遲遲不開口說話，只是呆呆像個傻瓜張大嘴的我，瀨戶山同學皺起眉頭咂舌。

「哇！」

他接著緊抓住我的肩膀，強迫我站起來。

「別到最後都只想用信來結束啊！而且還說什麼會替我加油，根本滿口謊言。我才不要這種東西！妳為什麼要說謊、為什麼說不出口，明明有很明確的理由啊，說出妳的真心話！」

瀨戶山同學的臉近在眼前。認真、拚命的眼睛，我覺得要被吸進去了。

我搞不清楚事情為什麼會有這種發展，但是，他說喜歡我，這句話滲入我的身體慢慢擴散，我的胸口灼熱。

「好好說出口啊，我會聽，讓我聽啊。」

瀨戶山同學強勢地緊抓住我的手臂，看著眼前的他，我用著快要哭出來的表情說著。

「我、喜歡你……」

腦袋還來不及思考，真心話已經說出口了。

「……其實……我根本沒辦法替你加油，因為喜歡你，所以、說不出口。」

淚水和話語同時湧出。

瀨戶山同學看著我，重重嘆一口氣後，把手放在我的丸子頭上。

「做得很好。」

接著瞇細眼睛，對我微笑。那是他至今露出的笑容中，最溫柔、溫暖的微笑。

這個瞬間，教室和走廊響起巨大掌聲。

「咦？咦？」

我慌慌張張環視四周，班上同學包圍著我們，走廊上也人潮聚集，大家的視線全聚集在我身上。這麼說來，我人還在教室裡啊，現在才發現我竟然在這種地方說喜歡他。

「瀨戶山，真有你的耶！」

「恭喜！」

「公開告白也太帥了吧！」

在口哨聲、調侃聲和鼓掌聲包圍中，我的臉頰染得通紅，可能都冒煙了。

「什、什……」

「歹勢、歹勢。」

在害羞得陷入混亂的我身邊，瀨戶山同學開心揚手回應大家的聲音。他果然習慣成為目光焦點，一點也不緊張。

「那麼，我們回家吧。」

向大家的歡呼道謝後，瀨戶山同學轉過來看我，緊緊握住我的手。

這會不會是場夢啊，因為，我完全沒想像過這種事情。不僅自己班上，連其他班同學都看著我，我羞得都快要昏倒了，但幸福感更勝一籌。我以前絕對最討厭這種狀況的啊。

好開心，淚水又要冒出來了，我一邊看著瀨戶山同學拉著我的手往前走的背影，一邊拭淚。

就這樣朝教室外——等等。

「咦？等、等一下啦！我今天要和朋友去唱卡拉ＯＫ！而且還有短班會。」

我回過神慌張轉身，江里乃和優子說：「妳在說什麼啦，今天和瀨戶山同學一起過吧！」笑著對我揮手。

「我們會替妳對老師找藉口，下次見面要全部坦白啊。」

又加上這句話，兩人咧嘴一笑。

放完假後的結業式肯定會遭受大家的提問攻擊，而且絕對會在學校裡傳開，光想像就讓我坐立不安。

但是，看見眼前瀨戸山同學的笑容，就覺得那些都是小事。

全新的筆記本

其實我中途就發現
交換日記的對象是黑田了
發現時
也才發現桌子上的留言是妳寫的
但我要是說出口，
妳應該不會繼續和我交換日記，所以才沒有說
我也是，瞞著妳真的很對不起

我還對其他人告白耶，真的超級遜

我喜歡黑田

瀨户山

（搞錯人真的很對不起）

走出校門後，瀨戶山同學立刻給我新的筆記本。比先前那本稍大，沒辦法投進意見箱的白色封面筆記本。

我接過翻開，瀨戶山同學直率地在第一頁上寫下他的心情。

「這是、怎麼、一回事？」

我還輕飄飄的沒有真實感，雖然想了很多，但還是搞不太清楚。無法置信「我喜歡黑田」這句話，以及眼前發生的事情。

「什麼？」

「因為，你……應該喜歡江里乃吧？還有已經發現是我，而且為什麼說喜歡我。」

我直接說出心中疑問，「喜歡」這個詞也讓自己臉紅，瀨戶山同學露出苦笑，「那當然會發現啊，我才覺得妳以為自己瞞得很好還真厲害耶，說足球的事情那時就發現了。」

果然是那時發現的，但是，那他為什麼什麼也沒說啊。

「但是，不只因為那樣。我寫在交換日記上的寵物的事情和妹妹男友的事情，妳都直接說出口，還有中午播的死亡金屬的CD，妳完全沒注意就自己說出口了。而且看見妳寫電郵地址的紙條，就知道和筆記本上是相同字跡了啊。妳是笨蛋嗎？真的有夠不會說謊。」

「……既然都知道了，為什麼……」

「依妳的個性，要是知道謊言早被拆穿，肯定會逃跑吧。我一這麼想，就覺得不想讓妳逃走。還有，那個，第一封信衝太快了，所以我這次想要慢慢來。」

他說完後停下腳步，轉過頭來低頭看我。

「我不知不覺中已經喜歡上妳了，當我發現時，我滿腦子都想著妳。」

臉上的熱度完全無法冷卻，我的心完全跟不上他這些過度老實的發言。

他說「喜歡我」了對吧？那不是我聽錯吧？

「因為妳以為我喜歡松本，所以我突然對妳說『我喜歡妳』，妳也不會相信吧。」

確實如他所說。真要說起來，江里乃和瀨戶山同學或許會從第一封信那時就開始交往，一想到這個，我可能沒有辦法直率地感到開心。

「我想著到底該怎麼辦才好，接著想，那就讓妳主動說出口就好了啊。然後，我明明不擅長忍耐，都這麼努力忍耐了還是這種結果。早知道一開始直接說就好了，我沒想到妳竟然這麼遲鈍。」

「因為……我沒想到，這種事，我怎麼會知道嘛……」

這種事情我根本連想也沒想過啊。

「雖說忍耐，但我覺得我的態度還挺明顯的耶。」

「……我以為你是那種……會讓人誤會的人。」

我說完後，瀨戶山同學無奈地嘆氣。

「就算是這樣，說什麼『對不起』，真的有夠搞不懂。接著還給我這種信，我都覺得妳根本故意找碴了。」

「因、因為，我很害怕被你討厭啊……」

「我也知道妳大概是這樣想的，但就算知道還是很不爽。」

真心話刀刀刺入我的心胸，我一句話也說不出口，只能低著頭。這邊該說「對不起」

嗎？還是該說「謝謝你」呢？

「……我喜歡你的事情……你也發現了嗎？」

我的視線稍微往上看著瀨戶山同學問，他立刻回答：

「那當然啊，因為妳太好懂了，所以我才會對妳說『下次要好好說出口喔？』妳不只不會說謊，還真的有夠遲鈍，誰會帶不喜歡的女生回家啊……怎麼可能親不喜歡的人，妳當我是什麼啊？」

「……是……」

他如此直白地說出心中所有的話，讓我開心的同時，也相當過意不去。不過，從他的一字一句中都能感受到他的心情，他說喜歡我，真誠的話語直接打進我的心胸。清楚明確的字詞直接傳達出他真的喜歡我。

——「誰會帶不喜歡的女生回家啊……怎麼可能親不喜歡的人。」

我在心中不斷反芻他剛剛這段話。

這真的好像一場夢，如夢似幻的現實。

「妳哭什麼啦。」

「……好高興……」

「……那還，真是太好了……」

對老實的瀨戶山同學來說，這或許是理所當然到無法理解的事情吧。我不知道對方如此直接把想法化作話語說出來，是會讓人感到如此開心的事情。把想法說出口，說給對方了解，是如此厲害的事情啊。

看見瀨戶山同學彷彿在說「幹嘛突然哭出來啦？」的訝異表情，我一不小心竟然笑了出來。

「我真的沒辦法好好說話，可能會讓你感覺很煩躁。」

「那種事我早就知道了，我有時說話也很直接不客氣，哎呀，彼此都多注意吧。」

「在別人面前，我可能會害羞得沒辦法對話。」

「那麼，到我家來不就得了。」

「我想，我應該有很多你還不知道的部分。」

「這彼此彼此吧。」

「……將來有天，你可能，會討厭我。」

「那也是彼此彼此吧，而且現在就思考那種事情也沒意義。」

我不停吐露不安，但瀨戶山同學完全不為所動，只是淡淡回答我。

「老實正直的我，來告訴超不會說謊的妳一件事情吧？」

「……什麼事？」

「就算第一封信交到松本手上，我想我最後還是會喜歡上妳喔。就算在我桌上留言的不是妳也一樣。」

瀨戶山同學臉上帶著特級溫柔笑容說著：

「我討厭說謊，不把事情搞個水落石出就不罷休。

「但說出這種話的我真的很差勁。我喜歡上妳之後，生平第一次瘋狂後悔耶。」

聽見這不像瀨戶山同學會說的單字，我問他「為什麼」。

「阿米也要我多思考一下，了解對方之後再行動，但我全部當成耳邊風，結果告白後竟然搞錯人，也太笨了吧。」

他尷尬地搔搔頭苦笑。

能自己說出這種話的瀨戶山同學果然很厲害，他不會選擇逃避，不會不把自己的心情當一回事，是能真誠說出口的人。

「在交換日記中，妳也絕對不說否定的話對吧？當我發現再重讀一次後，就覺得『啊啊，是黑田呢』。」

原來他是這樣看我的啊。

「從結果來說，收下信的人是妳，願意和我繼續交換日記真是太好了。我現在就是這麼喜歡妳，甚至讓我這樣想。」

瀨戶山同學毫無疑問地看著「我」。

那個瞬間，我的淚水又湧出眼眶。

瀨戶山同學說過的許多話溫暖了我的身體，說對交往沒有不安肯定是謊言，但比起那種事情，我已經可以不需要隱瞞喜歡他的心情了，啊啊，我已經可以老實對他說我喜歡他了。我不需要對自己說謊，可以說出真實的心情了。重新體認到這件事情後，我感到無比幸福。

「嗯。」

我緊緊回握他朝我伸出的手，用蓄滿淚水的眼睛看著他。

「我，喜歡你。」

邊哭邊用力笑著說出真實心聲後，他對我露出非常開心的笑容。

不管是我，還是先前的交換日記，我都覺得充滿了謊言。但是，瀨戶山同學找到了，他找到我了。

不管是我們的對話，還是留下的文字。對不起，其實全是謊言。

但在我認為滿是謊言的東西中，我確實存在其中。我這樣想也可以吧。

「啊，那個，下次見面前要寫好回覆喔。」

瀨戶山同學指著全新筆記本說道。

「這是我和妳的，新的交換日記。」

我緊抱交給「我」的純白筆記本，想著，我不要用謊言染髒這個白色筆記本。

「那，今天要怎麼辦？去哪裡繞繞再回家？還是要來我家？」

十指交扣，瀨戶山同學往前走一步後問我。

兩個人單獨出門讓人欣喜，第一次約會一起去看CD之類的肯定很開心吧。但我也想要見美久和奶奶。從今天開始，我可以不用「假裝女友」去見她們了。

「——都、都好。」

稍微想了一下才回答後，瀨戶山同學「噗哈」噴笑，接著說「還真有妳的風格呢」，瞇細眼睛朝我微笑。

我喜歡你

請你和我交往

今後

請多多指教

黑田 希美

國家圖書館出版品預行編目資料

交換謊言日記 / 櫻伊伊予 著；林于楟 譯.--初版.--臺北市：平裝本. 2021.6
面；公分. --（平裝本叢書；第520種）
（@小說；61）
譯自：交換ウソ日記

ISBN 978-986-06301-4-5（平裝）

861.57　　110007446

平裝本叢書第520種

@小說061

交換謊言日記

交換ウソ日記

作　　者—櫻伊伊予
譯　　者—林于楟
發 行 人—平雲
出版發行—平裝本出版有限公司
台北市敦化北路120巷50號
電話◎02-27168888
郵撥帳號◎18999606號
皇冠出版社(香港)有限公司
香港銅鑼灣道180號百樂商業中心
19字樓1903室
電話◎2529-1778　傳真◎2527-0904
總 編 輯—龔橞甄
責任編輯—張懿祥
內頁設計—FE設計工作室
著作完成日期—2017年
初版一刷日期—2021年6月

電腦編號◎435061
ISBN◎978-986-06301-4-5
Printed in Taiwan
本書定價◎新台幣320元/港幣107元